講談社文庫

大福三つ巴

宝来堂うまいもん番付

田牧大和

講談社

目次

いいかい、小春《こはる》。
私達は、お前を憐《あわ》れんでなぞいない。
可哀想《かわいそう》な身の上だとも、思っていない。
だって、お前はもう、私達の身内、娘も同じなんだから。
だから、私もお夕《ゆう》も、憐れむよりお前を案じるだろう。
私達の娘が、可哀想なはずがないからね。
いいかい、小春。
今は哀《かな》しくても、私の言葉を、ちゃあんと、覚えておいておくれ。
私達はいつだって、お前を案じているし、慈しんでいるし、信じている。
私達は、お前の身内だから。

嵐の前

睦月《むつき》半ば。板元《はんもと》「宝来堂」とその周りは、静かだ。

東の東叡山寛永寺《とうえいざんかんえいじ》と、鬼子母神《きしもじん》を祀《まつ》る西の真源寺《しんげんじ》に挟まれた下谷坂本町《したやさかもとちょう》は、このところ急に植木屋が増えたこともあり、木々や草木豊かな町場である。

西の通り、「宝来堂」を囲う柿渋塗りの低い板塀から、大人が振り仰ぐほどの白梅がちらりと顔を覗《のぞ》かせ、甘い香りを漂わせている。

一番の見頃まで、もう少し間があるだろうか。それでも充分に見事な咲きぶりだ。

抜けるような白い肌に、円《つぶ》らな目をした娘――小春は、「宝来堂」の裏木戸を潜ったところで、ふと立ち止まった。

大きな白梅が半分を占めているような庭の南、縁側の向こうの部屋から、ばれんを使う乾いた音が、響いている。

ひとりでに、口許《くちもと》が綻《ほころ》んだ。

政《まさ》さんのばれんの音は、やっぱり素敵。毎日、ずっと聞いていても、飽きないもの。

そっと目を閉じて、腕利きの摺師《すりし》が奏でる整った音に、小春はしばし耳を傾けた。

甘い梅の香に、墨や絵具《えのぐ》の匂いが混じる、「宝来堂」ならではの春の匂いも、小春は好きだ。

暫《しばら》く、気に入りの音と匂いに身をゆだねていたが、ふと目を開け、軽く顔を顰《しか》めた。

声に出して、小さく呟《つぶや》く。

「なんだか、厭《いや》な感じがする」

ざ、と強い春の風が吹き、梅の枝を揺らして過ぎていく。

甘い香りが、一際《ひときわ》強く舞った。

小春は、傍らの白梅を見上げ、声を掛けた。

「只今《ただいま》」

この白梅の大木は、花が散った後も、梅雨の頃には大粒の実をたわわに実らせてくれる。採れた実でつくる梅干しは、柔らかくて美味《おい》しいし、『宝来堂』の梅干しは風邪に効く」と評判で、なかなかの売れ行きなのだ。

「『宝来堂《うち》』は、梅干し屋じゃあないけど。今年もよろしくね」

梅の木に語りかけてから、庭に面した縁側から板敷《いたじき》の部屋を覗いた。

がっちりとした三十代半ばの男が、広い背中を心持ち丸め、小気味いい音を立てながら、ばれんを使っている。

「政さん、只今」

そっと声を掛けると、男がこちらへ顔を向けた。厳しく引き締められた口許が、小春を見て、ふ、と緩み、目尻に優しい皺《しわ》が刻まれる。

政造《まさぞう》――政は、「宝来堂」ただひとりの職人だ。歳《とし》は三十六、たくましい身体《からだ》に、粗削りだが男らしい顔立ちの、口数少ない穏やかな男だ。本業は摺師だが、今は彫師も兼ねている。

もっぱら、地味な名所画《めいしょえ》を摺《す》って売る、「宝来堂」のような小さな板元は、幾人も職人を抱えられない。

先代の主が腕のいい彫師だったのだが、急な心の臓の病であっけなくあの世へ旅立ってからは、政が板木《はんぎ》彫りも引き受けてくれている。

本当なら、そう容易《たやす》く彫師の技を会得することはできない。

摺師と彫師では、全く違う技が要る。美人画の板木ともなれば、髪の毛の一筋など、画師《えし》の描いた下画よりも細かな彫りが入用で、高い技と絵心が求められる。

政が彫師も引き受けられたのは、普段から先代彫師の仕事を手伝っていたことが、大きい。

これが、大人気の画師の名所画や美人画、評判の読本なぞを扱っている大きな板元ならば、下画を描く画師、その画を元に板木を彫る彫師、板木に墨や絵具を乗せて摺る摺師、役割ごとに多くの職人を抱え、片端から摺って片端から売る、という羽振りのいい商いができる。

「宝来堂」はそんな大店《おおだな》とは比べるべくもないものの、先代なき後も皆が食べていけるほどの商いを続けていられるのは、政のお蔭《かげ》である。

政さんには足を向けて寝られないわね。

小春は、心中で呟いた。政が、詰めていた息をゆっくりと吐きだし、小春を見た。

「ああ、お嬢、お帰りなせぇやし」

政の少ししゃがれた声も、小春は好きだ。

「宝来堂」は、小春の好きなもので溢《あふ》れている。

まじまじと小春に見つめられ、政は居心地悪そうに、尻をもぞつかせた。

「あっしの顔に、何かついていやすか」

小春は、小さく笑って、答えた。

「政さんには、苦労を掛けるなあ、と思って」

政が照れ臭そうに顔を顰《しか》める。

「十八歳《じゅうはち》の娘っ子に心配かけてるようじゃあ、あっしもまだまだでごぜぇやすね」

小春は、ぷ、と頰を膨らませて見せた。

「あら。娘っ子は随分ね。これでも私、『宝来堂』お抱えの画師なのよ」

政が、す、と目を細めた。大層分かりにくいが、笑ったのだ。

「お抱え画師さんは、いい梅の画が描けやしたかい」

小春は、胸に抱えていた写生帖を、ちらりと見下ろし、曖昧に笑う。

「う、ん」

小春の歯切れの悪い返事に、政は立ち上がり、縁側へ出てきた。

恐る恐る、写生帖を差しだす。

政が、節くれだった指で、小春から受け取った写生帖を繰《く》る。顔つきは穏やかだ。

「どうだろう」

小春が訊《たず》ねても、政は返事をせず、一枚一枚、丁寧に目を通していくのみである。

いたたまれなくなった小春は、言葉を添えた。

「近くの梅屋敷《うめやしき》。あまり知られてないけど、紅梅が綺麗《きれい》でしょ。名所画にはいいと思ったの。でも、どう描いても、うちの梅の方が勝ってる気がして。でもねぇ、うちのこの小っちゃな庭じゃあ、名所画にはならないわよね。見物に来られても困るし」

なんだか、上手《うま》く描けない言い訳めいてきた。

気づいて、小春は口を噤《つぐ》んだ。

小春が黙るのを待っていたように、政が低く呟いた。

「悪くねぇ」

そろりと、小春は訊《き》き返した。

「ほんと」

「ええ、こいつと――」

政が言いながら、写生帖を繰っていく。

「こいつ、それから、そうそう、こいつ。それぞれ、景色の切り取り方がお嬢らしくて、いい。ああ、それから梅の枝ぶりがいいのが、あったな。そうそう、これだ」

小春は、嬉《うれ》しくなって縁側へ膝で乗り上げ、政の手にある自分の写生帖へ身を乗りだした。

「どれ。政さんは、どれがいいと思う」

「こいつと、こいつ。枝ぶりがいいのが――」

政が言いかけた言葉を呑《の》み込《こ》み、苦笑いで小春を窘《たしな》めた。

「行儀が、お悪いですよ」

小春を穏やかに窘めながら、写生帖を閉じ、小春へ返す。

「どれがいいかは、お内儀《ないぎ》さんに伺った方がいい」

小春は、恨めしい思いで政を見た。

全く、いつまで叔母さんを「お内儀さん」って呼ぶのかしら。叔母さんのこと、好いてるくせに。

文句のひとつも言ってやろうかという気になったが、小春は思い直した。

二人の仲に口を出したら、余計こじれそうだもの。

呑み込んだ文句の代わりに、ちょっと笑って頼りになる摺師に頷《うなず》いた。

「分かった。叔母さんに訊いてみる」

政から写生帖を受け取り、夕の元へ急いだ。

客の姿は、ない。
「宝来堂」の女主《おんなあるじ》、夕は、小さな店の隅、狭い帳場格子の内で、算盤《そろばん》を弾いていた。

春とはいえ、梅の花の頃は、まだ寒さが厳しい。近くの梅屋敷へ花を見に来るのは、大概がこの辺りに住む人々で、江戸土産の名所画を求めることはまずないのだ。

江戸の外から来る、物見遊山の客が「宝来堂」まで足を延ばしてくれるのは、毎年、もう少し暖かくなってからである。

夕が、先代だった亭主、半吉《はんきち》の跡を継いでから四年、今でこそ、周りは「先代の頃と変わらない」と言ってくれるが、初めの頃は「女だてらに板元を仕切る気か」と陰口を叩《たた》かれ、半吉がいた頃から扱っていた摺り物まで「質が落ちた」とあらぬ評判を立てられ、と、とかく大変だった。

小春は十歳《とお》の時に、二親《ふたおや》と弟を火事で喪《うしな》い、父の妹だった夕の嫁ぎ先、「宝来堂」に引き取られた。だから、半吉と夕の睦《むつ》まじさも、半吉に先立たれた夕の悲しみも、「宝来堂」を継いでからの苦労も、全て見てきている。

それでも、店に出てる時や、私と政さんの前では、いつだってこんな涼しい顔をしてたっけ。

夕は美人だ。

小春の色白は、叔母の夕譲りだと言われてきた。

どうせ似るなら、切れ長の目も一緒に似ればよかったのに。

小春は、こっそり、政にそんな愚痴をこぼしたことがあった。

その時、政はこう言った。

――お嬢の丸い目だって、なかなか可愛《かわい》いじゃありやせんか。吃驚《びっくり》した栗鼠《りす》みてえで。

政の目の奥は、笑っていた。

以来、目の話は、政にも誰にも、しないことにしている。

内心では、政の褒め言葉は大層嬉しかったのだけれど。

叔母の整った顔を、ちょっとの間眺めてから、小春は声を掛けた。

「叔母さん、只今」

夕が、顔を上げて小春を見る。

ああ、やっぱり綺麗な目。

形がいいだけではない。瞳の黒が、夕はとても美しいのだ。

夕が笑った。

「お帰り、小春。その顔だと、なかなかいい写生ができたようね」

「そうかな」

「政さんは、なんて」

「そうね、駄目だとは言われなかったけど」

ふふふ、と叔母が姪《めい》をからかうように笑った。

「そういう照れ隠し、我が姪ながら、可愛いわよ」

夕は、小春に甘い。

いつも一番に小春のことを考えてくれる。叱られたことは一度もない。

小春が描いた画の目利きは厳しいが、そういう時でさえ、物言いも言葉選びも大層優しい。

それは、火事で身内をいっぺんに失《な》くしてしまった哀れな姪への憐れみからだろうか。

それとも、少しは身内として、慈しんでくれているのだろうか。

小春は、怖くて訊けずにいる。

小春にとっても、叔母の夕が「一番」で、ずっと、叔母のようになれれば、と思ってきた。

仕草や話し方が、夕に似てきたと言われると、とても嬉しかった。

そんな、大好きな叔母に憐れまれるのは、哀しい。夕の小春への慈しみが、憐れみだとはっきり知ってしまったら、きっと自分は、今まで通りに接することができなくなる。

それでもきっと、小春は夕から離れられないだろう。

ひとりぼっちは、恐ろしい。

たとえそれが、生き別れでも、仲違《なかたが》いでも、親しい人を喪うことは、きっと小春には耐えられない。

あの火事の時のような思いは、二度と味わいたくない。

夕と政との暮らし、「宝来堂」画師としての仕事のお蔭で、普段忘れていられるが、あの悲しさと恐ろしさは、八年経《た》った今でもまだ小春の中に、生々しく居座り続けている。

煙の匂い。炎の熱。何かが爆《は》ぜる音。飛ぶ火の粉。

肌にできた火ぶくれ。吸い込んだ煙で止まらない涙。喉の痛み。

逃げ遅れた母と弟を助けに、燃え盛る家の中へ飛び込んでいった父の背中。

自分の泣き声。

あの夜、母と弟は、小春や父とは別の部屋で休んでいた。弟の風邪を、父と小春に感染《うつ》してはいけない、と――。

夕の綺麗な指が、小春から受け取った写生帖を繰る音で、小春は我に返った。

いつの間にか頭の中でなぞっていた悲しくて恐ろしい記憶を、慌てて振り払う。

大丈夫。今小春は、夕と政と一緒にいる。今は、あの時じゃない。

小春は、細く長い息を繰り返し、気を落ち着けた。

夕が、写生帖に視線を落としたまま告げた。

「いいじゃない」

柔らかな声に、ようやく「宝来堂」に心が戻ってきた気分だ。

夕は、嬉しそうに続けた。

「これと、これ。それからこれの枝ぶり、目を引く」

夕が指した画を見て、つい頬が緩んだ。

政がいいと言ってくれた画と、まるで同じだ。いつものことだから、今更驚きはしないが。

呆《あき》れ交じりに笑った小春を、夕が首を傾《かし》げて見遣《みや》った。

「どうしたの。楽しそうじゃない」

「ううん、なんでもない。政さんも同じこと言ってたなあ、と思って」

「そりゃあ、ね。『宝来堂《ここ》』を始めた時からの付き合いだから」

素っ気ないなあ。もうちょっと、喜んだりすればいいのに。

小春は内心で溜息《ためいき》を吐《つ》いた。

小春の見立てでは、夕も政を憎からず想《おも》っているはずだ。

いつか、政さんを「叔父さん」って呼べる時が来るのかな。

そんな行く末を思い描いていると、夕が顔を顰めた。

「いやあね。さっきから、にやにやして」

叔母の呟きに、小春は慌てて口許を引き締めた。

「なんでもないったら。写生を褒められたのが、嬉しかっただけ」

そう誤魔化しながら、小春は写生帖を受け取った。

気づいたら、息をするように画を描いていた。

父と夕が、小春の描いた画を褒めてくれた。

母は、それよりも縫物を覚えろと小言を言った。その眼《め》は温かく笑っていたけれど。

今、「宝来堂」の下画は、全て小春が描いている。

長年画師を務めていた男は、先代の半吉から夕に代替わりした時に辞めてしまった。

夕は、言ってくれる。

――今の「宝来堂」があるのは、小春のお蔭ね。

夕と政曰《いわ》く、小春は、「面白い景色の切り取り方」をするのだそうだ。

誰も気づかなかった、何気ない景色の美しさを教えてくれる、と。

小春自身は、その褒め言葉を未《いま》だに他人事《ひとごと》のように聞いている。

ただ、「描きたい」と思う景色を描いているだけだから。

小春の描く「一風変わった名所画」は、いつの間にか「宝来堂」名物になって、江戸土産に、とわざわざ足を伸ばして買いに来てくれる物見遊山客も多い。

ただ、画自体は、他の名所画と比べ、まだまだつたない。

それでもちゃんと売れてくれるのは、ひとえに政の彫りと摺りの腕のお蔭だ。

小春の下画を元に、細やかな板木をつくり、小春の思い描いた色を守りながら、柔らかで美しい色合いに仕上げてくれる。

もっと、もっと頑張らなきゃ。

自らに言い聞かせ、小春は頷いた。

「じゃあ、これと、これと、この枝ぶりを手本に、何枚か描いてみるね」

「お願い」

小春の言葉に夕が応じた時、「宝来堂」の店に男が飛び込んできた。

「お夕さん、一大事だ」

店の三和土《たたき》から、帳場格子へ身を乗りだし、男が訴える。すらりと背が高く、目鼻立ちの整った色男。一見すると、中村座の二枚目役者のようだ。

夕が、おっとりと訊き返した。

「おや、長《ちょう》さん。今度は、どの番付の摺り直しです。一月《ひとつき》前の盆栽、それとも、二月《ふたつき》前のうどんかしら」

この男、名を長助《ちょうすけ》といって、歳は二十四、見立番付屋だ。

見立番付は、料理に醤油《しょうゆ》、味噌《みそ》、口に入るものから、名所に土産、花、果ては剣豪や医者、手習所など、様々なものを相撲の番付に見立てて、大関、関脇《せきわけ》、小結、といった具合に次第《しだい》――優劣の順をつけていく、一枚摺《いちまいずり》の読み物のことだ。これが今日び大の人気なのだ。番付にどんなものを取り上げ、どんな次第をつけるのかが番付屋の腕の見せどころで、売れ行きにも大きく差がつく。

番付の板木づくりと摺りは、小さな板元に注文することが多く、「宝来堂」も長助から、板木づくりと摺りを請け負っている。

「先だっての、大福ですよぉ」

長助は、弱り切った声で言った。

小春は夕と顔を見合わせた。

大福とは、菓子の「大福餅」のことだ。蒸した餅で餡《あん》を包んだもので、古くは、鶉《うずら》のような形にしたことから「鶉餅」とも、腹持ちがよく、また、太った腹のようにふっくらとしていることから「腹太餅《はらぶともち》」とも呼ばれていた。初めは塩の味だったそうだが、今は、砂糖を使った甘い小豆の餡が餅に包まれている。

長助から頼まれ、「宝来堂」で「大福番付」を摺った。あれは、つい八日前に出来上がったばかり、売りだされて間もないはずだ。

夕が訊ねた。

「また、なんぞありましたか」

夕の言葉に、呆れの音が混じる。

途端に、長助はしどろもどろになり、上《あ》がり框《がまち》から二歩、後ずさった。

「た、大したこっちゃあねぇ。ただ、ちっと抜けがありやしてね」

小春と夕は、再び視線を交わした。

「番付」は、旨《うま》いものを探している時、いい医者や手習所を見つける時、重宝する。

一方で、次第に抜けやおかしな優劣がついていると、不平の元となる。

不平は、番付を買った客からは勿論《もちろん》、番付に載らなかった、もしくは載ったが次第が良くなかった者からも出る。

大概は、「遊び心」が成せる摺り物、ということで笑って済まされることが多いが、それも度を超すと、番付屋や板元が責められることになる。

そこで、役者画や名所画と違い、板元の名を載せなかったり、番付の端に、次第違いや抜けは「御用捨《ごようしゃ》」なぞということわり書きを載せたりするのだ。

それでも、番付を売り歩く番付売りに文句を言う人々は出て来る。

その文句が多ければ、あるいは、騒ぎが大きくなりそうなら、番付を摺り直すこともよくある。

ただ、長助はその「摺り直し」がやたら多い。

気が小さいから、誰かに何か言われるとすぐに従ってしまうのか。あるいは、下調べが雑で、文句が多くなってしまうのか。

恐らく、どちらも少しずつ、といったところだろうと、小春は踏んでいる。

気の好《い》い人なんだけどね。売り口上も面白いし。

長助は「番付」を自分でつくったことを隠し、自ら売り歩いている。

その長助の番付は、よく売れる。

だがそれはきっと、長助のなぜか憎めない人柄と、売り方の巧《うま》さゆえだ。

加えて、笑顔が飛び切り可愛い。

二枚目色男の顔に、山ほど皺を寄せて笑うのだ。

整った顔が一気にくしゃりと崩れるその様は、嬉しくてたまらない子犬めいて、二枚目色男の人相には、およそ似合わない。そこがほっとするというか、妙に可愛らしく、見ている人間の笑顔を誘う。

夕は、時々ぼやく。

――こう摺り直しが多いのはあまり感心しないけど、あの人柄と可愛らしい笑顔に騙《だま》されて、つい、引き受けちゃうのよね。

「宝来堂」としては、摺り直しのたびに代金《おあし》は頂けるので、悪い商いではない。

だが、ころころと幾度も変わる番付を買わされた客のことを考えると、どうしても胸が痛む。

夕が、長助に訊ねた。

「どこを、変えたんです。下書きを見せて下さいな」

長助が、赤くなった。

長助は、気が小さくて慌て者だ。狼狽《うろた》えると、すぐに顔が赤くなる。

加えてこの番付屋、夕に片想《かたおも》いをしている。それが至極分かりやすい。

小春としては、落ち着きのない長助を「叔父さん」と呼ぶのは遠慮したいし、政と夕の想いが通じればいいと、願っている。

ただ、長助が夕と接する時の、健気《けなげ》で幸せそうな様子を見ると、つい気の毒になって、

「まあ、勝手に想い続けるくらいならいいか」

という考えに落ち着いてしまうのだ。

長助が、声をひっくり返しながら夕に答えた。

「摺り直しを引き受けてくれるんじゃなきゃあ、教えられねぇよ」

「さあ、どうしようかしらね」

「そんなあ、お夕さん」

泣き言を言いながら、長助は嬉しそうだ。

夕が、仕方ない、と言う風に苦笑《わら》った。

「乗りかかった舟、です。お引き受けしましょう」

「た、助かった」

小春は、力が抜けた様子の長助をこっそり窺《うかが》った。

長助は、いつもと変わらず忙《せわ》しなくて、気が弱くて。夕との遣《や》り取《と》りが大層嬉しそうで。

どこにも妙な様子はない。

けれど、どこかいつもとは違うような。

そう、いつもよりちょっとだけ本気で、安堵《あんど》しているように見える。

叔母さん、考え直した方がいいんじゃないかしら。

出かかった言葉を、小春は呑み込んだ。

これは、ただの思い付き、小春がなんとなく引っかかっただけだ。

それくらいのことで、叔母の商いに口を出せない。

長助は、ごそごそと懐から皺くちゃの紙を引っ張りだし、店の板の間へ置いた。

「こいつの通りに頼む。できた頃、取りに来やす。代金はその時に」

一息にまくし立て、夕の返事も聞かず、長助は逃げるように「宝来堂」を出て行った。

夕が、軽い溜息を吐いた。

「出来上がりの日限《ひぎり》も確かめて行かなかったわね。いつもながら、忙しないお人だこと」

やっぱり、妙だ。

小春は思った。

叔母さんがいるのに、あっという間に帰っちゃうなんて。

それに、長助は小春の顔を一度も見なかった。長助は夕に夢中だけれど、小春にも必ずちゃんと声を掛けてくれる。こんなことは、初めてだ。

夕が帳場格子から出て、長助が置いて行った紙きれを拾い上げている。

小春は夕に近づき、皺くちゃの紙を広げる手許《てもと》を覗いた。

「何て書いてあるの」

訊いたものの、長助が、前の「大福番付」のどこを変えたのかは、すぐに分かった。

「あ、ここね」と、小春が指をさして呟く。

この「大福番付」で一番の見どころだった筈の西の大関の店が、変わっていたのだ。

夕が残念そうに頷いた。

「面白い、と思ったんだけれどね」

小春も、最初《はじめ》、摺り直す前の下書きを見せて貰《もら》った時、長助もなかなか思い切った、やる時はやるな、と感心したのだ。

西の大関に、魚河岸の西の隅に屋台を出している大福売りを「魚河岸屋台清五郎《せいごろう》」として据えていたからだ。

ところが摺り直しでは、大関どころか、番付自体から屋台が消えていて、代わりに、西の関脇だった京の出店「竹本屋《たけもと》」が大関に上がっていた。

夕は、既に「宝来堂」主の顔で、長助の下書きに目を通している。

「西の小結がひとつ減って、他は、変わりはないわね。小春が描いてくれた挿画も、同じでよさそう」

「あの。あのね、叔母さん」

小春は、堪《たま》らず声を掛けた。

「なぁに」

夕が、軽く首を傾げて、訊き返す。

「長さんの様子、変じゃなかった」

「あら、そうかしら」

「なんだか、摺り直しを叔母さんが引き受けた時、すごくほっとしてた。忙しなく帰って行っちゃったし。ねぇ、いくら長さんの番付でも、こんなに早く摺り直しなんて、訝《おか》しくない。なんだか厭な感じ、虫の報せがする」

夕は、小春を宥《なだ》めるように笑った。

「長さんが忙しないのも、番付の摺り直しがしょっちゅうなのも、いつものことじゃないの。確かに、今度はちょっと早過ぎるような気がするけど」

「長さんの厄介ごとに、『宝来堂《うちち》』が巻き込まれや、しないかしら」

「心配してくれるのは嬉しいけど、うちが出した番付の摺り直しは、やっぱりうちで引き受けないと」

宥めるように諭され、小春は口を噤んだ。夕の言う通りだ。

「そうよね」

小春の返事に、夕は穏やかに笑い、店の奥、政の仕事場の方へ視線を向けた。

「政さん、手が空くかしら」

呟いて、夕は仕事場へ向かった。

たおやかな背中を見送りながら、小春は、逃げるように帰って行った長助の姿を思い浮かべていた。

「やっぱり、虫の報せがする」

一――番付騒動

「大福番付」の摺り直しが出来上がってから九日、そろそろ梅の花も終わりを迎える頃、再び長助は「宝来堂」へやって来た。

手拭いで頰被《ほおかぶ》りをし、その上から菅笠《すげがさ》を目深に被《かぶ》り、更に季節外れの扇子で顔を隠し、辺りの様子を窺いながらの訪《おとな》いである。

あまりの怪しさに、名所画を選んでいた客が、そそくさと帰ってしまった。

たまたま店に出ていて、客が気に入った名所画の話をしていた小春は、呆れて声を掛けた。

「長さんったら。お客さん帰っちゃったじゃないの。商いの邪魔、しないで下さいな」

長助が、可笑しな格好のまま、ぴょこんと飛び上がった。

顔から扇子を外して、小春を見遣る。

「な、なんで分かったんだい、小春ちゃん」

どこからどう見ても、長さんよ。

そう言ってやりたかったが、止めておいた。こういう、少しずれたところも憎めないというか、長助が好かれる理由《わけ》だと、小春は感じている。とにかく長助は、人の心を和ませる才に長《た》けている。当人はちっともそんなつもりはないようだが。

かなり力を入れた「隠形《おんぎょう》」だったろうから、無駄骨と知らせたら、気の毒だしね。

小春は、自分に言い訳をするように、心中で呟いた。ずれた問いに答える代わりに、長助を急《せ》かす。

「まずはその笠と手拭いを外して、季節外れの扇子も仕舞って。叔母さんに嫌われても知らないから」

仕舞いの一言は、帳場格子の内にいる夕には聞こえないほどの小声で付け加えた。

ものすごい早業で、長助が小春の言う通りにする。

その慌てぶりが面白くて、小春は込み上げてきた笑いをかみ殺した。

夕が帳場格子から出てきて、三和土の長助に声を掛ける。

付か。


「一体、どうしたんです」

「一大事なんだよ、お夕さん」

長助の「一大事」は、いつものことだ。

きっと、また「大福番付」を摺り直して欲しいというのだろう。あるいは、違う番付か。

頭で思う一方で、小春は首の後ろ、盆《ぼん》の窪《くぼ》辺りがちりちりとするのを感じた。

先だっての虫の報せを思い出す前に、長助が整った役者顔を半べそに歪《ゆが》めて訴えた。

「おいらが『大福番付』をつくったってのが、知れちまったんだ」

小春は、軽い溜息を吐いた。

「まあ、雇われ売り子のふりなんて、続かないとは思ってたもの。仕方ないわね」

「そんな、呑気《のんき》に構えてるとこじゃあねぇんだよぉ、小春ちゃん」

小春は、つん、と鼻を上に向けて言い返した。

「呑気になんか、構えてないわ」

長助の珍妙な格好といい、人目を憚《はばか》っている様子といい——それは、全く功を奏していないのだが——、きっと、番付の客か、番付に載せた店から吊《つる》し上《あ》げられたのだろう。

長助にとっては、確かに一大事だ。

小春は、声を優しくして訊ねた。

「一体どういう経緯で、誰に知れちゃったの」

長助が、笠とくしゃくしゃになった手拭いを、上がり框にぽん、と置き、板の間へ力なく腰を下ろした。

「『和泉《いずみ》』の番頭が、おいらの顔を覚えてやがったんだ」

「和泉」は、東の大関に載っている店だ。

長助の話は、こうだ。

いつもの通り、「番付屋に雇われている番付売り」のふりをして、摺り直した番付を売り始めた。

摺り直す前の方が、屋台が大関で面白かったのに、と不平を言う客やら、所詮、表《おもて》店《だな》に屋台が勝てる訳がなかったのだと、したり顔をする奴《やつ》やら、どこぞの菓子屋から文句でも出たかと勘繰る連中もいたが、長助は「自分が作った番付ではないから」と誤魔化し、躱《かわ》していた。

これも、いつもの通りだ。

摺り直しの番付も、よく売れた。

そんな中、妙に身綺麗《みぎれい》で腰の低い、生真面目そうな初老の男客がいたのを、長助はなんとなく妙に思った。

番付を買う客にしては珍しい。加えて、長助に愛想よく話しかけてきたのだ。前の番付も買ったが、どこが変わっているのか。

番付の次第はどうやって決めているのか。

店はどれだけ詳しく、調べているのか。

根掘り葉掘り訊かれ、長助は初め他の客と同じように初老の男をあしらっていた。けれど、これは大層な目利きが作った番付に違いないと持ち上げられて気をよくし、つい、余計なことを「番付屋から訊いた」体で、あれこれ喋《しゃべ》ってしまった。

番付を摺り直した理由《わけ》を訊かれなかったことで、油断してもいた。

「竹本屋」と「和泉」がどんな風で、どんな店なのか。その勢いで、二つの店が反目し合っていることまで口にしてしまい、こいつは拙《まず》かったか、と男の顔色を探ってみたが、男は感心したように聞くばかりだった。

すっかり安心した長助は、番付の上々な売れ行きも手伝って、初老の男と、自分がうっかり口を滑らせたことを、綺麗に忘れた。

その夜、初老の男が、手代を連れて、長助の長屋へ押しかけてきた。

初老の男は、東の大関「和泉」の番頭だと名乗った。

逃げ隠れできないよう、住まいまで尾行《つ》けさせて貰った、と。

番頭は、昼間、長助に声を掛けた時から疑っていたのだという。

この番付売りが、あのけしからん「大福番付」を作った張本人に違いない。

理由《わけ》は、三つ。

最初《はじめ》の番付が売られる少し前、「和泉《みせ》」を窺うような様子の男が、うろうろしていたこと。手代も番頭も、怪しい男――長助の顔を、「半可《はんか》な色男だった」ので、よく覚えていた。

昼間、番頭が声を掛けた時、長助はただの番付売りにしては、「和泉」と「竹本屋」に詳しかったこと。番付には書いていないことまで知っていた。

その時の話しぶりが、大層得意げだったこと。まるで自分がつくった番付だ、と言わんばかりだった。

小春は、呆れ交じりに呟いた。

「その迂闊《うかつ》ぶり、長さんらしい」

しゅん、と長助が項垂《うなだ》れた。

それで、「和泉」の番頭さんの読み通り、逃げ隠れしているって訳ね。

そこまで言ってやりたかったが、萎《しお》れぶりが気の毒なので、止めておいた。

夕が、長助に確かめた。

「それで、『和泉』さんは何と言っておいでなんです」

項垂れていた長助が、顔を上げて夕を見る。

顔色が悪い。目は、夕に「助けて、助けて」と訴えているようだ。

「番付を、摺り直せって」

小春が、長助に訊ねた。

「摺り直し、する。今なら政さん、手が空いてるわよ」

「そういう訳にも、いかねぇんだよ」

夕と小春は、顔を見合わせた。

そもそも、大抵のことは洒落《しやれ》や遊び心で済まされる番付だ。番頭が番付屋の住まいまで押しかけた。ひとつ間違えば、かえって「野暮」の誹《そし》りを受けることになるのは、江戸で店を構えているのだ、容易《たやす》く思い浮かぶだろう。

そんな「和泉」のやり様は只事《ただごと》ではないが、しょっちゅう摺り直しをしている長助が、摺り直せない、と嘆くのも只事ではない。

夕が、確かめるように呟く。

「『和泉』さんは、神田佐久間町《かんださくまちょう》のお店《たな》ね」

小春は、「うん」と応じた。

「宝来堂」では、番付を摺る前に、念のため大関と関脇に挙がっている店の評判を、ざっと確かめることにしている。その役は、小春も手伝うが、もっぱら政が引き受けてくれている。

政は、摺り師になる前、少しの間だが目明しをしていたことがある。「探索」はお手の物なのだ。

「和泉」は、江戸生まれ江戸育ちの当代主が、どこの菓子屋にも弟子入りせず、自分の才覚だけで菓子作りを始め、あっという間に評判を取った、変わり種の店である。

ずっと主ひとりで菓子を作っていたが、去年から一人息子が職人として戻ってきた。主は、自分の才覚だけで菓子を作っているせいか、人に教えるのが苦手だそうで、跡取り息子を外の菓子屋へ修業に出していたのだ。

扱っている菓子は、名物になった大福の他に、煉羊羹《ねりようかん》、饅頭《まんじゆう》の三種。名物の大福が、大層変わっていて、十日ごとに餡の味を変えているそうだ。

次の大福は、一体どんな味がするのか。客達は気になって十日ごとに「和泉」へ通い詰めているという。

対して西の大関、「竹本屋」は両国広小路《りょうごくひろこうじ》にある。京の出店というだけあって、職人を幾人も抱え、大福、羊羹は勿論、干菓子や茶席に出す誂《あつら》えの上菓子まで扱っている大店だ。

菓子のしつらえは、どれも奇をてらわない、京らしい上品なもの。

長助が漏らしたように、「和泉」と「竹本屋」は、反目し合っているらしい。「和泉」は、何かというと「竹本屋」に張り合っているし、「竹本屋」は、江戸生まれで、どこにも弟子入りせずに菓子づくりを始めた、「京の菓子」を知らない「和泉」を軽んじている。

夕が、長助ににっこりと笑いかけた。

小春は、そっと夕の顔色を窺った。実はこの「にっこり」が、なかなか恐ろしいのだ。

怒っている訳ではない。

ただ、穏やかな佇《たたず》まいのまま、容赦が無くなる。

長助もそれは百も承知で、座った格好のまま上がり框まで後ずさり、危うく三和土へ落ちかけた。

夕が、長助を呼ぶ。

「長さん」

「へ、へへへ、へいっ」

「ひょっとすると、先だっての摺り直しは、『竹本屋』さんと関わりがあるのかしら」

長助は、縮こまったきり返事もできない様子だ。

「長さん」

再び、穏やかに声を掛けられ、長助がぴょこん、と背筋を伸ばした。

「へいっ。お夕さんのおっしゃる通りで」

「そう。ではまず、その経緯から伺いましょう」

「へいっ。『竹本屋』が怒ってるから、摺り直した方がいいってぇ、あちこちで聞かされたもんで」

「大福番付」を買った客から、長助は一日に三度、同じ話を聞かされた。

屋台の大福よりも格下に扱われ、「竹本屋」は相当腹を立てている。あれを作った番付屋探しに乗りだすつもりらしい。悪いことは言わないから、今のうちに摺り直した方がいい。

探しだされたらたまらない、と長助は大慌てで番付を作り直すことにした。

客達の話では、「竹本屋」は「屋台と同じ番付に載ること自体、腹立たしい」と言っているそうだ。

そうして、「魚河岸屋台清五郎」は、「大福番付」から姿を消した。

小春は、言った。

「その、摺り直しを勧めた人達、きっと『竹本屋』さんの差し金ね」

「えっ、そ、そりゃあ、いくらなんでも」

長助が狼狽《うろた》えた。

夕が、やんわりと小春を窘めた。

「小春。不確かなことを、軽々しく口にするものじゃあないわ」

それからすぐに、

「まあ、いい目の付けどころだとは思うけれど」

と、頷く。それから、夕はおろおろと狼狽える長助に向き直った。

「少し、落ち着いてくださいな。長さん。その方達が『竹本屋』さんの差し金であろうがなかろうが、『竹本屋』さんが腹を立てているのには、変わりがないんですから」

小春は、そろりと口を挟んだ。

「叔母さん、それ、あんまり慰めになってないような気がするけど」

夕は、頬に手を当て、ちょんと首を傾げた。

「あら、そうかしら」

やっぱり、叔母さんの「にっこり」は、怖い。

小春はこっそり、心の中で呟いた。

そうして、こういう時の夕の気配を読むのが、政は上手い。

案の定、作業場から店へ、政が顔を出した。

長助が、怯《おび》えた目で政を盗み見る。忙しなくて気が小さい長助は、物静かで重々しい佇まいの政が、苦手だ。

政が心に抱いている夕への想いには、気づいていないようだけれど。

「長さん、いらっしゃいやし。お内儀さん、何かごぜぇやしたか」

夕が、政の顔を見て、ほんの少し口許を緩めた。帳場格子へ戻り、政に応じる。

「ええ、ちょっとね。長さんが困ったことになってるらしくて」

政の視線を受け、長助が更に小さくなった。

今まで聞いた経緯をざっと政に伝えると、政が難しい顔になった。

「ちいとばっかり、妙でごぜぇやすね」

政の呟きに、夕が頷く。

「政さんも、そう思うでしょう」

いやあね。二人とも、勝手に通じ合っちゃって。

心中の不平を口にするより早く、夕が長助に訊ねた。

「ねぇ、長さん。本当に、長屋へ押しかけてきたのは『和泉』の番頭さんと手代さんなのかしら」

長助が、大きく二度、頷いた。

「へぇ。確かにそう名乗ってやしたし、『和泉』で見かけた顔でした」

思い出したように小さく震え、続ける。

「若ぇ手代が、政さんみてぇに大男で、目つきが悪くて、怖かったのなんの」

口走ってから、長助が慌てて両の掌《てのひら》を、政に向け、振った。

「いやいやいや、政さんが目つきが悪いってぇ言った訳《わけ》じゃねぇんだ、大男だったのが、政さんみてぇだって、そういうつもりで――」

「気にしてやせんよ。あっしの目つきが悪ぃのは、生まれる前からなもんで」

「いや、その、だから、違うって」

長助は、政の軽口を真に受けて、大慌てだ。

小春は、笑いを堪えた。

政も、目の奥が笑っている。

政は長助に厳しいが、人好きのする番付屋を、決して嫌っている訳ではない。

夕が、呆《あき》れ顔《がお》で長助を宥めた。

「今のは政さんの軽口だから、真に受けないでくださいな、長さん」

半分気が抜け、半分、本当に軽口なのか疑っている、そんな顔で、長助が政と夕を見比べている。

夕が、誰に向けてでもなく呟いた。

「どうして『和泉』さんなのかしら。屋台の清五郎さんではなく」

「そ、そいつは、その」

長助が、何か言いかけ、口を噤んだ。夕が言葉を重ねる。

「『和泉』さんは、初めの番付でも、摺り直しでも、東の大関から変わってない。何の不都合もないでしょうに」

夕が、長助をじっと見据えて、確かめた。

「『和泉』さんは、なんと言ってたんです」

「いや、その」

「長さん」

「へ、へぇっ。『和泉』は、おいらの『大福番付』を店の宣伝に使ったんだそうで っ。東と西は違えども、こちらは大関、あちらは関脇。よりにもよって、あちらは魚河岸の屋台に負けた。だから『竹本屋』のお上品な大福は、『和泉《うち》』の足許《あしもと》にも及ばねぇって。だもんだから、今更、『竹本屋』を大関に格上げするなんて、冗談じゃねぇ。店の信用にも関わる、とっとと元に戻せ。そう脅してきやがったんで」

一息にまくし立てた長助は、肩で息をしながら、しょんぼりと項垂れた。

「呆れた」

小春は、言った。

長助が、息を吹き返した。

「小春ちゃんも、そう思うだろう。大人げねぇにも程があるぜ」

「『和泉』さんの話じゃないわ。長さんのことよ」

「へ。おいら」

「さっき、長さんだって言ってたじゃない。『和泉』さんと『竹本屋』さんは折り合いが悪いって。そういう二つの店の一方を大関、一方を関脇に据えたら揉《も》めるって、最初《はな》から分かってたでしょうに」

長助は、不服げな顔で腕を組んだ。小春を諭すように言い返す。

「小春ちゃん、分かってねぇなあ。いいかい、番付ってのは、そういうもんじゃねぇんだ。次第は売り物の良《よ》し悪《あ》し、店の良し悪しで決めなきゃならねぇ。それが、番付屋の気概ってぇもんだ」

偉そうな物言いに、小春はかちんと来た。

摺り直しのたびに、どれだけこちらが気を揉んでいるか。急な摺り直しで、どれだけ政が仕事のやりくりに苦労しているか、この男は分かっていないのだ。

小春も負けじと胸を張った。

「じゃあ、どうして長さんの番付は、摺り直しばかりなの」

長助が気まずそうに視線を泳がせた。

「そ、そりゃあ、のっぴきならねぇ理由《わけ》が――」

「理由って、お客さんや番付に載せたお店から文句を言われたからってこと。いくら、最初《はじめ》の番付を『売り物の良し悪し、店の良し悪し』だけでつくったたって、文句を言われるたびに摺り直してたら、初めから手心を加えるのと、変わらないじゃない」

そもそも、長さんは「良し悪し」自体、ちゃんと調べてないじゃないの。

そこまで言ってやりたかったが、その前に、苦笑交じりの政に「お嬢、そのくらいで」と宥められ、小春は仕方なく口を噤んだ。

小春と入れ替わるように、夕が口を開いた。

『和泉』さんの言う通りに番付を戻すと、今度は『竹本屋』さんが黙っちゃいない。また摺り直せば、『和泉』さんが――。堂々巡りになるって、さすがの長さんも気づいたって訳ね」

「お夕さん、そりゃねぇ」

お夕が、にっこりと笑った。先刻と同じ、恐ろしいにっこりだ。

「あら、私、何か変なこと言ったかしらね」

長助が、怯えたように縮こまる。

「い、いいえ、何でも」

こんな目に遭っても、叔母さんのことを好いてるっていうんだから、可笑しなお人よね。

小春は、少しだけ溜飲《りゅういん》を下げた思いで、笑いを堪えた。

それで、と夕が話を戻した。

「長さんは、どうしたいんです」

「え――」

長助が、戸惑いの目を夕に向ける。

夕の物言いは、あくまで穏やかだ。

「一大事だ、とおっしゃる割に、摺り直しをする訳にはいかない、と。『宝来堂《うち》』は、板元ですよ。板木づくり、摺りを引き受ける他に、何をしろとおっしゃるのかしらね」

政と小春は、こっそり顔を見合わせた。夕がこんな突き放した言い方をするのは、珍しい。

長助は、傷ついたような目をして、夕を見ている。

夕は、全く動じない。促すでもなく、かと言って帰れと言う訳でもなく、ただ静かに長助の返事を待っている。

やがて、長助が寂しそうな溜息をひとつ吐き、夕に向かって頭を下げた。

「店先を騒がせて、面目ねぇ。帰りやす」

夕は、何も言わない。

堪らず、小春が声を掛けた。

「でも、長さん、長屋を知られちゃってるんでしょう」

長助が、「何とかなるよ」と言って、弱々しく笑った。笑顔が可愛いはずの長助に、哀しそうに笑われると、訳もなく、こちらが悪いことをしている心地になってしまう。

小春の胸の隅が、ずきんと、鈍く痛んだ。ふいに、夕が筆を執った。

皆が目で追う中、夕の白い手が滑らかな動きで、文字を綴《つづ》る。丁寧に畳んだのを見て、小春は、誰かに宛てた文だろうか、と考えた。

夕から書き付けを渡され、長助がおずおずと夕を見遣った。

夕の顔つきにも、声にも、苦々しさが混じっている。

「向島《むこうじま》の新梅屋敷の側に庵《いおり》を結んでいる、藤堂夜雪《とうどうやせつ》とおっしゃる俳諧の宗匠に、身の回りの手伝いとして、しばらく長さんを置いてくださるよう、この文でお願いしましたので、訪ねてごらんなさい。少しの間なら『和泉』さんにも『竹本屋』さんにも居所を知られずに済むでしょう」

夕を見つめていた長助の目が、たちまち潤みだした。

「お夕さん――」

夕は、子供を叱るような顔つきをして、長助に釘《くぎ》を刺した。

「庵にいる間は、番付には関わらないこと。それから、しっかり夜雪先生のお世話をお願いしますよ」

長助は、米《こめ》つき飛蝗《ばった》よろしく、幾度も夕に頭を下げた。

「恩に着やす。恩に着やすっ」

それから、長助の珍妙な格好を、政の着物を貸して地味なものに変えさせた。

夕は、決して長屋へは戻らないよう、寄り道もしないよう、誰とも余計な話をしないよう、口を噤んで、真っ直《ます》ぐ庵を目指すよう、厳しく言い含めた。

長助は神妙な顔で頷き、大仰に辺りを気にしながら、「宝来堂」を後にした。

政が、小さな溜息を吐いた。

小春が、呟く。

「ちょっとした、嵐みたいだったわね」

「全くで」

「でも、夜雪先生のとこじゃ、長さんも大変だわ」

「ええ、さぞこき使われるでしょうねぇ」

政と笑い合いながら夕を見ると、夕は厳しい顔つきで、何やら考え込んでいた。

「叔母さん、どうしたの」

小春がそっと声をかけると、夕の顔がふ、と緩んだ。ほろ苦い笑みが口許に浮かぶ。

「小春の舌と勘は、軽んじちゃあいけない。身に染みて分かっていたはずなのにね」

小春は、料理や菓子に、どんな材料が使われているのか、当てるのが得手だ。米や麦の質、青菜や魚の新しさまで、大体の見当はつけられる。

料理屋をやっている訳ではないから、何の役にも立たない才だけれど。

それと通じるのかもしれないが、夕と政からは、勘がいいと言われる。

小春が心配することなら、まず、取り越し苦労では済まない、と。

夕が続けた。

「長さんが、摺り直しを頼みに来た時、小春は『虫の報せがする』と言ってた。なぜ、聞き流してしまったのかしら」

「叔母さん」

夕が再び、面《おもて》を引き締めた。

「多分、長さんの『大福番付』、もう他人事じゃあなくなってるわね」

「お内儀さん」

政が、案じるように夕を呼んだ。

夕が、低く告げた。

「長さんの慌てた様子からして、『和泉』さんに責められた折にでも、板元が『宝来堂《うち》』だと漏らしているでしょう。長さんが姿を消せば、遅かれ早かれ、『和泉』

さん、そして『竹本屋』さんの矛先は、私達に向く」

二――宝来堂、乗りだす

長助が「宝来堂」へ逃げ込んでから三日、重たい春の雪が、名残の梅の花を覆い隠すように降る午《ひる》、小春は店を手伝っていた。

小春が下画を描いた「下谷坂本町梅屋敷図」がよく売れていて、ここ数日、寒い中でも客足が途絶えないのだ。

小春の「梅屋敷図」は、梅の花づくしだ。

政と夕に褒められた「枝ぶり」の画は、少し勿体《もったい》ないけれど、諦めた。

春が待ち遠しい画にしたかったから、画の中を梅花で埋め尽くしたのだ。

手前は、花びらの形や雄蕊《おしべ》、雌蕊《めしべ》まではっきり分かるように、少し離れると花の咲き具合や蕾《つぼみ》の形が分かるように、もっと離れると、なんとなく花の濃淡が分かるように。

真ん中に据えた、散策用の小径《こみち》を真っ直ぐ進んだ先に、朱色の縁台を小さく。

そこまで、「梅の屋根」の下を進んでいく心地になれる画を目指した。

近所の梅屋敷へ写生に行った時、全ての木が咲き揃《そろ》ったら、きっとこんな風だろうと思い浮かべた画で、これも政と夕が褒めてくれた「景色の切り取り方」だ。

まず、梅屋敷の主人が、喜んで纏《まと》めて買ってくれた。

それから、珍しく近所の人が「今年はやけに寒い。春が恋しい」と買いに来るようになり、追いかけるようにして江戸見物の客の数が増えた。

政も夕も、「小春の手柄だ」と言ってくれたし、嬉しくはあったが、小春は政の腕のお蔭だと思っている。

手前の梅の風情も、紅梅の紅色の濃淡も、小春の下画と「色さし」——どこにどの色を使うか、指図するのも画師の仕事だ——よりも、繊細で鮮やかで、そして優しい。

むしろ、筆と絵具を使って自在に描ける下画の方が、精緻でなければいけないのに。

小春は、客に見せていた名所画を片付ける手を止めた。

自分の下画よりも数段美しい、政の「下谷坂本町梅屋敷図」を眺める。ひとりでに、溜息が零《こぼ》れる。

もっと、精進しなきゃあ。

そう心に決めた時、客が入って来る気配がして、顔を上げた。

「いらっしゃいまし」

客に笑いかけた笑みが、半端な形で強張《こわば》った。

入ってきたのは、商人風の初老の男と、がたいのいい若い男が二人。

「お邪魔いたしますよ」

初老の男は慇懃《いんぎん》に断ったが、店の中を見回す目つきが、随分と不躾《ぶしつけ》だ。若い二人の男も、あからさまに物騒な気配を放っている。

夕が相手をしていた二人連れの男客が、怯えた目をして、そそくさと出て行ってしまった。

初老の男が、視線を小春に向けた。ひたと目を合わされ、小春は勘付いた。

このひと、「和泉」の番頭さんだ。

夕が、静かに口を開いた。落ち着いた振る舞いの内で、叔母の気がぴんと張られたのが分かる。夕も、客の正体を察したようだ。

「いらっしゃいまし。小春、お茶をお出ししてくれるかしら」

夕に促され、「はい」と返事をした自分の声が、硬く震えていた。

立ち上がって、夕を見る。

夕は、客を相手にするのと同じ、柔らかな笑みを男達に向けている。

叔母さん、ひとりで大丈夫かしら。

気になったものの、ここは自分が残っても何の足しにもならない。早く政に知らせた方が、叔母の役に立つ。

そう考え、小春は立ち上がった。

背中で、案の定、初老の男が「菓子屋『和泉』の番頭」だと名乗っている声を、小春は聞いた。

小さな作業場へ急ぐと、政は部屋にいなかった。

こんな時に、どこへ行っちゃったのかしら。

小春は狼狽えて、縁側から狭い庭へ目をやった。

花の数が寂しくなりかけた白梅の枝に、大粒の雪が舞い落ちる。

梅の前に、政は立っていた。

縁側、小春に向けている横顔は、真っ直ぐ通った鼻筋も、男らしい顎の線も、政自身が彫り象《かたど》ったのではないかと思うほど、綺麗だ。

広い肩に雪が積もっている。梅を見上げる政の額や月代《さかやき》に、ふわりと雪が降りて来ては、す、と溶けてなくなる。

政が、そっと近くの枝に指を伸ばし、重そうに積もった雪を払った。

雪に隠されていた甘い香りが、微《かす》かに、縁側にいる小春まで届いた。

ふ、と政が振り返った。

まともに、政と目が合った。

温かな笑みが、政の口許に浮かんだ。

とくん、と、心の臓が小さな音を立てた。

す、と政が笑みを収めた。

あ、消えちゃう。

名残惜しい。政のこんな笑顔は滅多に見られるものじゃない。

「お嬢。なんぞありやしたか」

厳しい顔で足早に縁側まで戻り——狭い庭だから、政ならほんの数歩だ——、政は小春の顔を覗き込んだ。

小春は、我に返った。

「たいへん」

口が渇いて、声が上擦っている。

政が、「お嬢」と小春を呼んだ。落ち着け、と言われたのが分かった。

「大変なの。『和泉』さんが乗り込んできた。番頭さんが、怖そうな人二人連れて」

さっと、政の顔が引き締まる。

「お内儀さんは」

「お店で、番頭さん達の相手をしてるわ」

政は、小春を安心させるように笑うと、ひとつ頷いた。

縁側へ上がった拍子に、肩に積もっていた雪が、散った。

少し乱暴に脱ぎ捨てた下駄《げた》が、沓脱石《くつぬぎいし》に当たって、からん、と硬い音を立てた。

気を落ち着けて、店先へ茶を持って行くと、「和泉」の番頭は板張りの間に上がって、夕と相対していた。夕は帳場格子の内だ。政は、帳場格子の外、ほんの少し夕から下がって、居住まいを正している。

番頭の連れの男二人は、三和土に立って腕を組み、政を鋭い目で見据えている。政は若い男の敵意を全く意に介していない様子だ。

小春は、番頭の前に茶を置きながら、三和土の男達をそっと見遣った。上がり框にでも、並べて置けばいいかしら。

慇懃な笑いで、番頭が小春を止めた。

「ああ、お嬢さん。手代達にはお気遣いなく」

小春はしとやかに見えるよう、気を付けて頭を下げ、番頭から離れた。

内心で、こっそり言い返す。

こんな、怖い人達が菓子屋の手代なんて、嘘《うそ》。きっと長さんが言ってた手代さんと同じ人達ね。大男で、目つきが悪い。

夕が、手にした二枚の番付を見ながら、番頭に告げた。

長助が作った、「大福番付」だ。

「確かに、こちらの番付は、二枚ともわたくし共で摺ったものでございます」

夕の立ち居振る舞いは、まるで普段と変わらず、声も落ち着き払っている。

こんな怖い人達の前で、すごいな、叔母さん。

夕の顔を盗み見ていた小春を、政が促した。

「お嬢、作業場の片付けをお願いできやすか」

つまり、この場から離れろ、ということだ。

夕を見遣ると、小さく笑んで頷きかけてくれた。

小春は二人に従った。

邪魔になってはいけない。ここで自分にできることは、ない。

とはいえ、夕や政が心配だったし、話の行方も気になる。

小春は、一旦作業場へ入ったものの、どうしても辛抱できずに、足を忍ばせて仏間に隠れた。

「宝来堂」は角地の一軒家だ。小さな板元の割に、植木屋が集まっている土地柄のお蔭で、ゆとりのある構えをしている。南の通りから店へ入ると、三和土、客に売り物を見せる板張りの間が続く。西が板塀に裏木戸。木戸を潜ると東の正面に白梅がある。東と北は、植木屋「植徳」だ。新しい植木屋が多い下谷界隈《かいわい》では珍しい、何代も続いている植木屋で、初めは「宝来堂」の東隣の敷地《しきち》だけだったが、このところ大流行《はや》りの朝顔や菊など、植木道楽の客達のお蔭で商売繁盛、周りの土地を買い広げ、今では「宝来堂」の東と北をぐるりと囲んでいる。

「宝来堂」も買いたいという話が出たこともあったのだ。だが、夕の亭主、半吉と「植徳」主の当代徳右衛門《とくえもん》は、幼馴染《おさななじみ》の悪戯《いたずら》仲間で、半吉の思い出が残る家から、夕を追いやるのは忍びない、と「宝来堂」を残してくれた。

徳右衛門は、「売り物のついでだ」と、宝来堂の白梅の手入れもしてくれる。だから、夕は常々、徳右衛門の厚意が有難《ありがた》いと口にしている。

板張りの間の西北隣が畳敷きの小さな仏間で、小春はこっそり番付摺りを頼みに来た長助の話を聞く時にも使っている。細い廊下を挟んだ東、仏間の向かいが納戸。紙や絵具、板木にする板、「宝来堂」の商売道具がぎっしり詰まっていた。更にその奥、東が作業場で西が台所。そして梅のある小さな庭と続く。

梅のある庭は北向きだが、通りと広い「植徳」に囲まれているお蔭で日当たりがよく、そのせいか、毎年沢山の花と実をつけてくれる。

夕と小春の寝間は二階で、政は、「植徳」が職人を住まわせている長屋に、部屋を借りている。「宝来堂」の白梅のすぐ北だ。

半吉も、そして店を継いでからの夕も、二階にはもう一部屋あるから越してくればいいと誘ったが、政は長屋から動かなかった。

「植徳」の長屋はなかなか上等で、土間とへっつい、六畳間がひとつ。日当たりも風通しもいいし、普請もしっかりしている。

「宝来堂」の目と鼻の先だし、ひとりになりたいこともあるだろう、と、夕は言う。

亭主に先立たれた後家とその姪の女所帯に、男が転がり込む訳にはいかない、という生真面目な政の考えも分かる。

だが、小春にしてみれば、じれったい限りなのだ。

一緒に住んじゃえば、そのうち、なんとなく、いい仲になれるかもしれないのに。

「この大福番付、一体どういう了見でお摺りになったのか、主にお伺いしたいと思いましてね。こうして伺った訳ですが」

「和泉」の番頭の、棘《とげ》と嘲りを隠そうとしない問いで、小春は我に返った。

どうやって、夕と政の仲を取り持とう、なぞと呑気な思案を巡らせている場合ではなかった。

息を詰め、漏れ聞こえてくる店での遣り取りに耳を澄ます。

夕が、穏やかな声で番頭に答えた。

「手前が、この『宝来堂』の主でございます」

「ほう、お前様が」

番頭の声は、厭な笑いを含んでいた。

「あら。『女が営んでいるおかしな板元』とご承知でいらしたのだと、思っておりましたけれど」

わあ、叔母さん、もう怒ってる。

小春は、首を竦《すく》めた。

番頭に応じる夕の声は、穏やかなままだ。けれど身も蓋もない言葉の選び様は、間違いなく腹を立てている。

夕は、回りくどい厭味《いやみ》や皮肉を嫌う。

亭主の跡を継いですぐ、似たような厭味、嫌がらせに「宝来堂」が晒《さら》された時、夕が店を護《まも》るために選んだ策は、「耐える」ではない。

「売られた喧嘩《けんか》は、丁寧に買う」だった。

半分は夕の性分、もう半分は、半吉が遺《のこ》した「宝来堂」を貶《おとし》めさせたりしない、という覚悟ゆえだと、小春は思っている。

ほ、ほ、と番頭が笑った。

「いや、これは失礼。ええ、こちら様の評判は耳にしております。ご亭主に先立たれたお内儀が、新たな婿を迎えることもなく切り盛りしておいでの板元、と。ですからね、どんな女傑だろうと考えておりました。このようなたおやかでお美しい方だとは、思いもよらず、無作法を致しました」

夕の冷ややかな顔が、目に浮かぶ。

連れてきた怖い人達に全く怯《ひる》まない叔母さんのことを、最初《はな》から「宝来堂」の主人だって分かってたくせに、厭なお世辞ね。

まるきり上滑りしてるじゃない。まあ、叔母さんが綺麗なのはその通りだけど。

小春は、心中で番頭に文句を言った。

夕が、話を進めた。

「主に、その了見とやらを語れとおっしゃるなら、語れるのは手前しかおりませんが、どういたしますか」

番頭は、すぐに応じた。

「勿論、伺わせて頂きましょう」

ふ、と夕が笑ったのが、仏間まで伝わった。案の定、笑いを含んだ声で、夕は告げた。

「了見も何も。手前共は、ただの板元でございます。番付の勧進元の番付屋さんがお決めになったことを、そのままお摺りしたまで」

「それでも、摺る前に番付の委細はご承知していた。お前様方にも、この騒動の責めがあるのでは、ありませんかな」

「どちらのお店《たな》を、どの座に据えるか。番付の次第は番付屋が決めるもの。板元が口出す筋のものではありませんでしょう。それぞれの分、というものがございます」

「つまり、あの長助という番付屋をあっさり見限る、と。存外、こちら様も情がない」

小春はそっと、唾を呑み込んだ。

二人とも声は荒らげていないので、一見ちょっとした厭味の応酬にも聞こえるが、「和泉」番頭のぴりぴりとした敵意と、夕の冷ややかな怒りで、息が詰まりそうだ。

夕が、おっとりと切り返した。

「騒動。見限る。まあ、随分と物騒なことをおっしゃいますこと。番付なぞ、ほんの洒落、なるほど、こんな次第もあるものかと、笑って読み流すのが、江戸の粋《いき》というものではございませんか。それを騒動になさったのは、そちら様と、新しい番付で西の大関の座をお獲《と》りになった『竹本屋』さん。存外、そちら様方も、粋ではいらっしゃらないのですね」

番頭の言葉尻をそのまま使って言い返した夕に、小春は、溜飲が下がる心地を味わった。

ほほ、と、番頭の笑い声が響いた。

硬く、殺気だった笑いだ。

「見た目と違い、やはりこちらの主は女傑でいらっしゃるようだ。いいでしょう。こちらが、あの番付屋を見限ったとしても、手前共は一向に構いません。番付屋の居所を、お教え頂きましょうか。長屋から雲隠れしてしまいましてね。こちらも難儀をしております」

「居所をお知りになって、何をするおつもりですか」

「それは、知らぬが花、というものでございますよ」

夕は、静かに「物騒だこと」と繰り返し、更に訊ねた。

「では、長助さんの居所は知らぬ、と申し上げたら」

殊更のんびりと、楽し気に、番頭は答えた。

「長助さんの代わりに、このお店に了見を伺うことになりましょうねぇ。お答えによっては、番付どころか、評判の名所画も摺れぬように」

番頭が、思わせぶりに言葉を途中で切る。

政曰く「十八歳《じゅうはち》の娘っ子」の自分でも、分かった。

このひと達、長さんの居所を教えなければ、店を荒らす気だ。そのために、「和泉」の番頭は、あの怖い人達を連れてきたんだ。

小春が、震える拳を握りしめた時、政の低い声が響いた。

「そいつは、止めといた方がよろしゅうございやしょう。それこそ、『評判の菓子屋が起こした野暮な騒動』として、読売を賑《にぎ》わすことになる」

番頭が、嘲るように笑った。

「さて、どうでしょうか。読売屋なぞ、いくらでも黙らせることができますので」

すかさず、夕が静かに口を挟んだ。

「たかが番付屋ひとりは、なかなか大人しくさせられずに、いらっしゃるようですけれど」

叔母さん、ここでそんなこと言っちゃあ、あの怖い人達が——。

気を揉んだ側から、何やら慌ただしい足音が聞こえた。

小春は、堪らず仏間を飛びだした。

店へ駆け込むと、番頭が連れてきた手代が、板の間で、政に背中へ腕をひねり上げられ、抑え込まれていた。

もうひとりの手代が、「この野郎」と吐き捨て、三和土から板の間へ飛び上がる。

政は、ひとりを抑え込んだまま、襲い掛かってきた手代の拳を身を低くして躱し、膝頭で手代の腹を蹴り上げた。

小春は、思わず首を竦め、悲鳴を上げそうになった口を手で覆った。

政が、ちらりと小春を咎《とが》めるように見遣る。

――作業場の片付けを、頼んでおいたじゃあ、ありやせんか。

そんな目だ。

政に蹴られた男は、その場に蹲《うずくま》って呻《うめ》いている。

政が、ひたと番頭を見つめた。

「まだ、やりやすかい、番頭さん」

訊かれた番頭の顔が、面白いように青くなった。

夕が、おっとりと笑った。

「政さん、放して差し上げて」

「お内儀さん」

「暴れたいのなら、好きなだけ暴れて頂きましょうよ。元来読売はやらないけれど、今度ばかりはそのことを読売にして、せいぜい稼がせて頂きましょう。『和泉』さんはお忘れのようだけれど、うちは板元。読売屋さんの助けなぞ借りなくても、いくらでも摺れますので」

政が、なるほど、と呟き、男を突き放した。

青かった番頭の顔が、暗い赤に染まった。血走った目が、ふいに小春へ向けられた。張りつけたような笑みが、口許に浮かぶ。

「お嬢さん、お気の毒に。恐ろしいでしょう。いきなり押しかけた男が大暴れしても構わないと、このお二人はおっしゃる。そうなれば、店も、お住まいも台無しだ」

かちん、と来た。

与《くみ》しやすい小娘と思われたこと。「弱い相手」に矛先を向ける性根。

怖《おそ》れと心配よりも、腹立たしさが勝った。

私が、叔母さんと政さんの足を引っ張るなんて、冗談じゃない。

ひとりでに、言葉がするりとこぼれ落ちた。

「取り立てて、怖くはありません」

そうして、つい先刻まで政が押さえていた男達を見比べ、続ける。

「政さんがいますから。それに、人気の菓子屋『和泉』さんが、うちに押し込んだと、お役人様に訴え出れば、それで済みますもの」

きらりと、番頭の目が光った。

「うちの手代が、そちらの職人に怪我《けが》をさせられた、とこちらが訴えることもできますが」

「どうぞ。真っ当に商いをしている小さな板元と、白砂糖の質を一段落としたのに、大福の値を変えない菓子屋の番頭の言い分、どちらをお役人様がお聞き入れになるか、確かめてみましょう」

　あんぐりと、番頭が口を開けた。慌てて取り繕う。

「そ、そんな根も葉もない噂《うわさ》、どこから耳にしたか知りませんが――」

「噂を聞いた訳でも、根も葉もない訳でも、ありません。食べれば分かります」

　番頭は、必死で言葉を探しているようだ。小春は憤りのまま、更に言い募った。

「あ、言い忘れていましたけど。政さんは元は目明しで、今でも八丁堀《はっちょうぼり》の旦那には良くして頂いています。政さんがお頼みすれば、すぐにいらして下さいますよ」

　弾《はじ》かれたように、番頭が立ち上がった。地廻《じまわ》り並みに性質《たち》の悪い番頭でも、町名主や番屋をすっ飛ばして、八丁堀の同心を呼ぶと言われて、腰が引けたようだ。

「し、失礼いたしましょうか」

　手代達に掛けた声が、ひっくり返っているのが可笑しかった。「和泉」の三人は競うように三和土へ下り、外へ向かった。往来のすぐ手前で番頭が振り返り、告げる。

「番付屋の行方が分かったら、必ず知らせてください。庇《かば》いだてしてもいいことはありませんよ」

　ふん、と鼻を鳴らし去って行った番頭達に向かって、小春は思い切り舌を出してやった。

「お嬢」

政に低い声で呼ばれ、小春は首を竦めた。

「はい」

「あっしは、仏間じゃなく、作業場の片付けを、お頼みしたはずですが」

「だって、心配だったんだもの」

「お嬢に奴らの矛先が向かう方が、よっぽど心配です」

小春は眦《まなじり》を下げ、言い返した。

「政さんも、叔母さんも、心配し過ぎ。もう子供じゃないんだから」

やれやれ、という風に、夕が苦笑を零した。

「『和泉』さんの砂糖の話だけど」

「ああ、あれ」

小春は、早速夕の話に飛びついた。これで、政の小言から逃げられる。

「長さんの大福番付よりも前、評判だったから食べてみたことがあるの。他のお客さんの話から考えると、十日ごとに餡の味を変える、と言っても、元の餡は三種。小豆の漉《こ》し餡《あん》、潰し餡、白隠元の白餡《しろあん》を、順に使い回してるみたい。そこに摺った胡麻《ごま》や、砕いた胡桃《くるみ》の実を混ぜたり、柚子《ゆず》や山椒《さんしょう》で香りを付けたりして、目先を変えてるのね。同じものは二度と作らないって訳でもなさそうだし、多分大した手間でも、工夫でもないと思う。私が食べたのは漉し餡に黒胡麻で、丁寧に下拵《したごしら》えしてるのか、餡に雑味がなくて美味しかった。それで、長さんの番付に載ったから、思い立ってまた食べに行ってみた。潰し餡にほんの少し胡椒《こしょう》が混ざってて、ぴりっとした舌触りが一風変わってたわ。前の漉し餡と今度の潰し餡。足してある材料も違うし、大きく質を落とした訳でもないみたいだから、すぐに分かるほどの差じゃあない。だからたかを括《くく》ったんでしょう。どうせ客達には分からないって。けど、胡椒の潰し餡には、胡麻の漉し餡にはなかった微かな癖があった。あれは、もち米のぬか臭さが餡に移った訳じゃない。小豆の灰汁《あく》とも違う。砂糖の雑味ね。こんなことさえなければ、明日辺り、もう一度食べてみたいんだけれど。慌てて元の砂糖に戻してるかもしれないでしょう」

お夕が、笑みを深くした。

「つくづく、小春の舌は大したものだこと」

「お父《と》っつあんに似たのよ」

何気なく言って、小春は悔いた。夕の目が、ほんの微か、哀しげに揺れたからだ。

——小春。お前《め》ぇの舌は大《て》ぇしたもんだ。きっと、俺に似たんだなあ。

小さな料理屋を営んでいた料理人の父は、小春が、料理の出汁《だし》や隠し味、材料の質を言い当てるたび、嬉しそうに褒めてくれた。

小春に張り合う弟、勿論お前も俺に似ていると、慌てて弟を宥める父、三人の他愛ない遣り取りを優しく笑って見守る母。

賑やかで温かで、幸せな想い出《おもいで》。

夕も小春も、身内を喪ってできた心の隙間を、埋められていない。

黙ってしまった夕と小春の気持ちを引き上げるように、政が殊更渋い声で、話を変えた。

「砂糖の話はさすがお嬢、ですが、嘘はいけやせん」

小春は、頭を占めていた優しい想い出を追いだし、政に言い返した。

「あら、私は嘘なんかついてないわ。政さんは元目明しで、八丁堀の旦那と未だに懇意にしてるって」

「懇意にして頂いてるのは、隠居なすった元八丁堀の旦那です」

政は、歳をとり、定廻《じょうまわり》から臨時廻に役替えした、久保田《くぼた》という同心の目明しを務めていた。それから三年ほど、久保田は腰を痛め奉行所を辞めた。その時に政も十手《じって》

た。

　小春は、ちょっと胸を張って言い返した。政のお蔭で心が随分と晴れやかになったのだそうだ。

「久保田のご隠居様と政さん、今でも親しくしているじゃない。そしてご隠居様は定廻の旦那に顔が利く。ご隠居様の口利きなら、旦那方はすぐに来てくださる。やっぱり、嘘じゃないわ。ちょっと真ん中を端折《はしょ》っただけよ」

　政が、更に渋い顔をした。

「どこで覚えたんです、そんな屁理屈《へりくつ》」

「子供みたいな扱いを、しないでってば」

　飛び切りの顰《しか》め面《つら》をした後、政は顔を綻ばせた。小春も笑う。夕も笑っている。

　よかった。明るさが戻ったことに小春はほっとした。政はいつもこんな風に、夕と小春を救ってくれる。

　本当に、早く一緒になっちゃえばいいのに。

　そんな望みを乗せながら、小春は政と夕をそっと見比べた。

　夕が、安堵の溜息混じりで呟く。

「政さんの言いつけを守らなかったのは、いただけないけれど、助かったわ、小春。

正直、店や家を荒らされたら少し困ったことになってた」

「叔母さんったら。そうはならないって分かってたくせに」

「まあ、ね。でも、ああいう揉《も》め事《ごと》は思わぬ方に転ぶこともあるし。小春が話の真ん中を端折って、釘を刺してくれたお蔭で、あちらも番屋に訴えるようなことは、諦めたろうし」

「そう、かな」

夕に手放しで褒められたのがこそばゆくて、ふふ、と小春は笑った。

ふ、と政が笑みを収めて、呟いた。

「今日のところは、お嬢の機転でどうにか収まりましたが、『和泉《あちら》』もこのまま引き下がりはしないでしょう」

夕が、苦い溜息を吐き、小さく頷いた。

「長さんを、いつまでも夜雪先生にお預けしておく訳にもいかないでしょうしね」

小春は、少し腹立たしくなって、文句を言った。

「長さんったら、困ったお人。ひとつの思い付きで突っ走らないで、もっと隅々まで気を配って、隙の無い番付をつくってたら、どんな文句を言われても、堂々としていられるのに」

政が、笑いながら軽口を叩いた。

「いっそのこと、お嬢が長さんの代わりに番付をつくったらどうでしょう」

小春も、大威張りの冗談で受ける。

「本当。そうしたいくらいだわ」

ところが、夕は至極真面目な顔で頷いた。それ、いいわね、と。

小春の「叔母さん」と政の「お内儀さん」、夕に問い返す声が重なった。

夕はひとり、全て得心したかのような顔で、うん、うん、と頷いている。

「政さんの言う通り、『和泉』がこのまま引き下がるとは思えない。『和泉』を宥めれば、『竹本屋』が黙っていない。二つの店を上手く得心させることができても、同じようなことは、きっとまた起きる」

政が、戸惑った顔をしながら、頷いた。

「確かに、この『大福番付』の騒動ひとつ収めるにしても、長さんにすっかり任せるにゃあ、いささか心許《こころもと》ねぇ」

夕が、応じた。

「長さんは確かに腕のいい売り手ではあるし、思い付きも悪くはないけれど、何しろ迂闊、しかもその場しのぎで誤魔化す安易な性分だわ。今まで大したことが起きなかったのは、むしろ相当運が良かったたってことね」

長さんが聞いたら、萎れるだろうなあ。

小春は、淡々とした、しかし容赦のない夕の物言いに苦笑を堪《こら》えた。

夕が呟く。

「でも、長さんのせいにばかりしていられない。私達は番付の危うい中身を知りながら、長さんの言われた通りに摺るだけだった。まあ、少しは小言も言ったけれど。自分達が摺ったものの責めを負っていたのか、と問われれば黙るしかない」

夕が、唇を噛《か》んで考え込む。その眼には何かを決意したような強い光が灯《とも》っていた。

小春は、そろりと訊ねた。

「長さんを手伝うつもり、叔母さん」

夕が、軽く笑む。

「それじゃあ、今までと大して変わらないでしょう。いくら口を出したって、所詮は長さんの番付だから」

政が、難しい顔をして問うた。

「お内儀さん、ひょっとして――」

夕は、にっこり笑った。

「長さんに手伝って貰って、うちで番付やりましょう」

政が、夕を窘めるように「そいつは」と口にした。

小春は、そこへ続けた。

「面白そう。やりたい」

夕はにっこりと笑った。

「小春なら、そう言ってくれると思ったわ」

政が、慌てて二人を止める。

「お二人とも、ちょいと待ってくだせぇ」

夕と、小春にじっと見つめられ、政が苦い溜息を吐いた。まず、小春に視線を向けて諭す。

「お嬢。『面白そう』で済むことばっかりじゃあ、ありやせんよ。真っ正直につくった番付だって、大福番付のような騒ぎになることもある」

小春は、真っ直ぐに政を見返し、言った。

「分かってる。だからやりたいのよ、政さん」

「お嬢」

「どうやったって、さっきみたいな騒ぎになるかもしれないなら、騒ぎになった時、自分達の裁量でどうにか収められる方が、いいじゃない。叔母さんも、さっきみたいな『うちはただの板元、番付屋が決めたことを摺っただけだ』なんて言い訳するの、悔しいし、もどかしかったと思うの。政さんだって言ってたでしょ。大福番付の騒ぎひとつ収めるにも、長さんにすっかり任せるのは心許ないって」

政は渋い顔で呟いた。

「そりゃあ、そうですが」

「ねえ。長さんは、確かに憎めない人よ。でも危なっかしい。そんな人が軽い思い付きでつくった番付を、これからもずっと、はらはらしながら『宝来堂』が摺って行くの。そして、長さんが原因《もと》で騒動が起きるたびに、小言を言いながら、でも長さんを庇《かば》いながら、うちが矢面に立つの。政さんは、どう思う。それより、自分達が摺ったもので起きた騒動は、自分達で工夫をして収める方が、面白いとは思わない」

政は、戸惑ったように笑った。

「急にどうしたんです、お嬢。今まで、商いにはなるべく口を挟まないってぇ、気遣ってらした風だったのに」

うん、と、小春は頷いた。

「和泉」の番頭を言い負かした――勿論、政と夕が後ろ盾として、その場にいてくれたからできたことで、小春ひとりの力ではないが――ことで、小春の中で何かが動きだしていた。

守られているだけではない。自分も大切な二人のために、「宝来堂」のために、何かしたい。自分は役に立っている。ここにいていいのだと、思いたい。

小春は続けた。

「確かに今まで、商いのことは、叔母さんと政さんに任せておけばいいって、思ってた。気遣ってたんじゃないの。二人に頼りきってただけ。でも、私ももう十八だわ。画だけ描いていればいい歳でもないって、さっきの騒ぎで思ったの。食べ物の番付なら、何の役にも立たないと思ってた私の舌と鼻も、少しは役に立つでしょう。何より、叔母さんに、さっきみたいなもどかしくて悔しい言い訳して貰いたくない。叔母さんにも政さんにも、『宝来堂』で摺ったものは、『宝来堂』が責めを負いますって、胸を張って言って欲しい。二人とも、そうしたいって思ってるだろうから」

黙って小春を見ていた夕が、ふ、と柔らかな笑みを浮かべた。

「私が言いたかったこと、小春に全て言われてしまったわ。ね、政さん。いつの間に、私の可愛い姪は、こんな風にたくましくなったのかしら」

政も、温かな笑みで頷いた。

「全くでさ、お内儀さん」

「どうせ、『画だけ描いていればいいって歳でもない』と思ってくれたのなら、うちの商いでなく、花嫁修業をする気になって欲しいものだけれど」

思ってもみなかった言葉に小春は、目を白黒させた。そんな姪の顔を楽しげに眺めてから、夕が、軽く首を傾げて政に訊ねる。

「どうかしら。『宝来堂《うち》』が番付をやること、政さんは乗り気ではない」

政が、笑みの色合いを呆れ交じりの苦笑に変え、確かめる。

「今より苦労しやすぜ」

「ええ、政さんに苦労を掛けるのは、申し訳ないと思ってる」

「あっしのことは、どうでもいいんでさ。お内儀さんが矢面に立たなきゃいけねぇことが、どうしたって増えやす。お嬢だって、その才を商いに使うことで、やな思いをするでしょう」

小春は、顔を上げて告げた。

「それくらい、平気よ。長さんや他《ほか》の人のつくった番付で、気を揉んだり歯がゆい思いをするより、自分達でつくった番付のことで苦労する方が、幾倍もましだもの」

今まで「叔母の家に厄介になっている」という微かな息苦しさを、心の隅に抱いてきた。勿論、夕も政も、亡くなった半吉も、小春を身内として慈しんでくれた。だからこそ、有難さだけでない、申し訳なさのようなものが、ずっと小春に付きまとっていたのだ。

この思いを夕や政に告げれば、二人とも笑って「画で役に立ってくれてるではないか」と言うだろう。

だが、画は、「描かせて貰っている」のだ。

小春よりももっと達者で、小さな板元の仕事を引き受ける画師は、いくらでもいる。

ちっぽけな力でも、「宝来堂」のためになりたい。父母と弟、家を喪った自分を温かく迎え入れてくれた恩返しがしたい。そして、できればこの息苦しさを軽くしたい。

小春は、繰り返した。

「私は、平気。だから叔母さん、政さん。番付、『宝来堂』でやろう」

三――札入れ番付

次の日、「宝来堂」は一日店を閉めた。夕、政と小春で、隅田《すみだ》川の東、向島は新梅屋敷へ向かう。古くからある亀戸《かめいど》の梅屋敷に対し、新梅屋敷と呼ぶそうだ。名所画の写生がてら、遅咲きの梅を見物に行こうという体だ。

政がさり気なく、誰かが後をついてきていると、伝えてくれた。「和泉」の人だろう。

政がいるし、白昼堂々何かできる訳もないと、小春は開き直って、梅見を楽しむことにした。

浅草寺《せんそうじ》の南に掛かる大川橋を渡ると、風の匂いが変わった。

土と水、草木の匂いが、隅田川の西よりも濃い。

新梅屋敷へ近づくにつれ、甘酸っぱい梅の香りが強くなっていく。

植木屋と田畑《でんぱた》に囲まれた屋敷に足を踏み入れ、小春は思わず、「わあ」と声を上げた。

来るたびに、この広さと立派な設《しつら》えに、驚かされる。

屋敷内は、梅を観《み》るための小径が引かれ、道々、四阿《あずまや》、池、石橋や灯籠《とうろう》がある。松を始めとする植木も、趣のある枝ぶりに整えられ、瀟洒《しょうしゃ》な庭として作り込まれていた。梅自体も、早咲きから遅咲きまで、色々な種の梅を取《と》り揃《そろ》え、長く楽しめる工夫をしてある。

「うちの近くの梅屋敷とは、訳が違うなあ」

小春の呟きに、政が、笑いながら応じた。

「そりゃあ、こっちは名だたる名所ですからねぇ。梅の見頃はそろそろ仕舞いなのに、この人出だ」

小春は、忘れかけていた、向島での本当の用を思い出し、口に手を当てた。

そうだった。今日は梅見じゃなく、夜雪先生の庵へ、長さんを訪ねるんだったっけ。

そうして、少し足を速めた政の後を、夕と共について行く。

新梅屋敷へ梅見に寄ったのは、後をついて来ている奴から逃れるためだ。

政は、さり気なく人混みを選んで、梅見の客に紛れていく。

逸《はぐ》れてはいけないけれど、せっかくだから、と小春は思う存分梅の香りと花、瀟洒な庭を味わった。

「そろそろ、行きやしょうか」

政が、呟いた。

どうやら、無事「和泉」の奴を置き去りにできたらしい。

小春達は、人をかき分けながら足早に梅屋敷を出た。

藤堂夜雪の庵は、新梅屋敷の西、植木屋に紛れるようにしてひっそりと結ばれていた。

山茶花《さざんか》の生垣にぐるりと囲まれた庵は、茅葺《かやぶき》屋根の小さな平屋だ。

平屋と揃《そろ》いの茅葺屋根を葺《ふ》いた木戸を潜ると、小さな庭に出る。小さな入口、その脇の小さな縁側からは、趣ある枝ぶりの紅葉の古木が眺められるようになっている。

主に秋を愛《め》でるための庵で、桜も梅もないのが、変わり者で天邪鬼《あまのじゃく》の俳諧宗匠らしい。

いい、見た目はしっとりと落ち着いて、いい庵なんだけれど。

声に出さなかった小春の呟きに応じるように、無駄に響きのいい怒鳴り声が、小さな庵を震わせた。

「また、茶碗《ちゃわん》を割りおって。どうしてお前はそう落ち着きがないんだ、馬鹿もん」

小春は、夕と顔を見合わせ、小さく笑った。

「やっぱり、長さん、夜雪先生に叱られてるみたい」

「仕方ないわね。ああいうお人だから」

ああいう人とは、長助が抜けていることを指すのか、夜雪が気短で怒りっぽいことを指すのか。

恐らく、両方だろう。

「先生。夜雪先生」

小さな入口の三和土から、夕が中へ声を掛けると、すぐに、どすどす、といささか乱暴な足音が近づいて来た。

現れたのは、巌《いわお》のような体軀《たいく》、巌のような顔立ちをした大男だ。つるりとして形のいい坊主頭に茶人帽を載せ、脛《すね》までの短い小袖とその上に法衣《ほうえ》のような羽織《はおり》をずるりと羽織り、足には脚絆《きやはん》のつもりらしい生成りの股引《ももひき》。小袖は生成り、茶人帽と羽織は、揃いの老緑《おいみどり》——鼠色《ねずみいろ》を帯びた深い緑色だ。

小春は、笑いを堪えた。

相変わらず、この姿なのね。

夜雪当人は、「これぞ、一門の俳諧宗匠の身なり」だと信じているようだが、何しろ見てくれが「巌」である。

胡散臭《うさんくさ》い修験者か、風変わりな地廻りにしか見えない。

とうに見慣れた身なりなのに、目にするたび、笑いが込み上げてしまうのだ。

つい今しがた、怒鳴り声を上げていた夜雪が、至極上機嫌のごつい恵比須顔で、小春達を迎えた。

「おお、お夕さん、嬢。よく来たな。何だ、小僧も一緒か。まあ、上がれ」

夕が訊ねる。

「上がり込んでお邪魔ではありませんか。弟子の皆さんがおいででしたら、出直します」

「今日は、ひとりもおらぬよ。夜、酒と肴《さかな》を持って幾人か来ると思うがな。お夕さんや嬢が来ると分かっておれば、皆顔を揃えていたろうが」

三人は顔を見合わせて笑った。

「宝来堂」の人間のうち、夜雪がきちんと名を呼ぶのは夕のみで、小春は「嬢」、政に至っては「小僧」だ。それでも、夕だけでなく、小春や政と会うと上機嫌になってくれる。

半吉の歳上《としうえ》の幼馴染で、半吉は兄のように慕っていた。夕とも古い付き合いなのだそうだ。年は四十五、夕の十《と》歳上《お》である。

「宝来堂」の人間とは、足繁《あししげ》く、というほどではないものの、折に触れ、互いに訪《おとな》い合う仲だ。

夕は「困った時に、当たり前のように手を差し伸べてくれる」と、半吉を喪ってからも、頼りにしている。

もっとも、夜雪は夕に「もっと頼って欲しい」と思っているらしく、よく、「お夕さんはしっかり者過ぎて、儂《わし》は寂しい」と、小春や政にぼやいている。

夕と政は似合いで、所帯を持てばいいと思ってくれているようで、会った時はいつも小春とそんな話を、二人でこっそりするのだが、決まって夜雪は「そのためには、もっと小僧が頼もしくならなければいかん。小僧が『小僧』のうちは、お夕さんを嫁にやる訳にはいかん」と、断じる。

本当にそう思っているのではなく、政を「小僧」扱いして楽しんでいるのだと、小春は思っている。

夜雪は小春達を庭に面した客間へ招き入れながら、大声で文句を言っている。

「あの独楽鼠《こまねずみ》、全く使えんぞ。お夕さん」

夜雪の言う「独楽鼠」は、恐らく長助のことだ。やはり、お夕以外の人間を名で呼ぶ気はないらしい。

庵に通ってくる弟子達も、夜雪はあだ名で呼んでいる。例えば一番古参の弟子は「古株」、ひょろりと背が高く、立ち方が硬い弟子は「案山子《かかし》」。声が大きい弟子は、姿が見えなくても鳴き声が聞こえる「雲雀《ひばり》」と、そんな具合だ。

夕が、笑いながら訊ねた。

「長助さんは、独楽鼠ほどよく働きますか」

夜雪の巌のような顔が、ぎゅっと顰められた。

「違うわい。ちょこまかと無駄に動き回るから、独楽鼠だ」

腕を組み、呆れ混じりに続ける。

「何をさせても、手際が悪いし、出来も悪い。とりわけ料理が酷《ひど》い。味噌汁《みそしる》は薄い。飯を炊かせれば粥《かゆ》になる。目刺しは黒焦げで猫も食わん。おまけに野菜も魚も、工夫をすれば食えるところを、平気で捨てよる」

夕が、困ったように笑った。

「それは、何とも、申し訳ありません」

にかっと、夜雪も笑った。人の悪い笑みだ。

「虐《いじ》め甲斐《がい》があって、退屈はせんな」

こそりと、政が呟いた。

「その割に、長さんが泣きついてきませんねぇ。あのお人の性分なら、お内儀さんの声を聞いた途端、助けてくれとすっ飛んでくるはずですが」

夜雪が、大威張りの顔で頷く。

「そう思ってな。お夕さんの声が聞こえたところで、釘を刺しておいた。儂を悪者にしてお夕さんの気を引こうとしたら、一生ここでこき使ってやる、とな」

堪らず、小春はくすくすと笑った。

「それは、いくら長さんでも、大人しくしてるわね」

政が、すかさず乗った。

「長さんだからこそ、でしょう」

うんうん、と当の夜雪が大きく頷いた。

「一刻も早く、逃げだしたいと念じているだろうからな」

夕は、客間をさり気なく見回し、言った。

「ですが、先生。庭も廊下も、こちらの部屋も、随分と綺麗になっていますこと」

夜雪が、ううむ、と唸《うな》った。

「掃除だけは、まともにできるらしい。無駄な動きばかりで、時がかかるのは同じだがな」

夕は、そうですか、とにっこり笑っただけで、何も言わない。

夜雪が、やれやれ、という風につるりとした頭の後ろを擦った。

「仕方あるまい。まともに掃除をした褒美に、会わせてやるとするか。おおい、鼠。独楽鼠。客間へ来い」

すぐに、ばたばたと騒々しい足音が庭から近づいて来た。

「走るな、馬鹿もん」

すかさず夜雪の怒鳴り声が跳び、ぴたりと足音が止《や》んだ。程なく、庭に長助が姿を現した。

「抜き足、差し足、忍び足」を絵に描いたような、背中を丸め、つま先からそろりそろりと、足を出す剽軽《ひょうきん》な姿に、小春達三人は、顔を見合わせ、一斉に噴きだした。

夕の姿を認めた長助が、泣きべそをかいた。

「お夕さぁん」

夜雪が容赦なく叱りつける。

「これ。儂の客人に馴《な》れ馴《な》れしくするでない」

ぴょこん、と長助が背筋を伸ばした。そこから、大仰に頭を下げる。

「よ、ようこそ、おいで下さいまし。只今、茶を」

小春は、笑いながら長助を遮った。

「長さん、私がやるわ」

「え」と、長助が顔を輝かせる。夜雪が小春を窘めた。

「甘やかしてはいかんぞ、嬢」

小春は笑って言い返した。

「だって、せっかくのいい煎茶、美味しく頂きたいもの」

夜雪は、庵に旨い煎茶と干菓子を常に置いていて、小春が訪ねた時は小春が煎茶の支度をするのが、お決まりになっている。

夜雪が頷いた。

「確かにな。では今日も嬢に頼むとするか。茶も干菓子も、勝手のいつもの場所にある」

「任せて下さいな」

夕を真似《まね》て、澄ました物言いで応じてから、小春は勝手へ向かった。

勝手はいつもよりも綺麗に片付けられていた。

長さん、案外綺麗好きなのね。

感心しながら、ざっと見回す。

土間の隅に、二つに割れた茶碗が置いてあるのを見つけ、さっき長助が叱られていたのは、この茶碗のことだな、と、小春は笑った。

小春が五人分の茶と干菓子を整え、客間へ戻ると、当たり前の顔で夜雪が遣り取りに加わっていた。

「なるほど。ついに『宝来堂』が番付に手を出すか。この独楽鼠めの尻ぬぐいがきっかけというのは腹立たしいが、悪い話ではない」

長助が、しゅんと小さくなって、詫《わ》びた。

「面目次第もありやせん」

夜雪が、面白そうな顔で「ほう」と応じる。

「お主が今までひとりで切り盛りしておった商いを、『宝来堂』に取られることが面白くない、とは思わんか」

長助が、力なく首を横へ振った。

「そりゃあ、あっしはいつもへらへらして、その場しのぎで逃げ回ってやしたが、さすがに今の話を聞いちゃあ、申し訳ねぇとしか思いやせんよ、先生」

小春は、皆に茶と干菓子を配り終え、政の隣に落ち着いた。

何気ない仕草で湯呑《ゆのみ》を手にし、口にした長助が、目を丸くして湯呑の中を覗いた。

「なんだ、これ。旨ぇ」

その呟きに嬉しくなりながら、政に小声で訊ねる。

「今の話って、何」

政が、低く答えてくれた。

「『和泉』の番頭さんが、おっかねぇ手代を連れて、『宝来堂《うち》』に乗り込んできた、ってぇ話ですよ」

小春は、笑って言い返した。

「あの人達も、政さんには、おっかねぇなんて言われたくないでしょうね」

二人の囁《ささや》き合いに、夜雪が入って来た。

「嬢が、そのおっかねぇ輩《やから》を追い払ったそうではないか」

「いやだ。ちょっとお茶を淹《い》れてる間《ま》に、そんな話までしたの」

夜雪は、しみじみと頷いている。

「嬢も、たくましくなったものだ。儂は嬉しいぞ」

すっかり逸れてしまった話の筋を、夕がおっとりと戻した。

「長さん。私もまず、長さんの胸の裡《うち》を聞かせて貰いたかったの。『宝来堂《うち》』が長さんの商いを取り上げてしまうことになるけれど、了見して貰えるかしら。勿論、長さんさえよければ、『宝来堂』で番付づくりを手伝って欲しいと思ってます」

騒動になっている「大福番付」を「宝来堂」がやり直す、その後も「宝来堂」が番付を出す、ということはつまり、長助に番付づくりから一歩引いて貰うことになる。

長助は長助で、これまで通り危うい番付を出し続け、「宝来堂」が摺るというのでは、「宝来堂」が番付づくりに乗りだす意味がない。

いわば「一国一城」、全て長助が自分でやってきた商いを手放してくれ、と酷《むご》いことを言っているのだ。

長助が二つ返事で承知するとは、夕も政も、小春も、思っていなかった。

「宝来堂」とは縁を切り、別の板元と組むと言いだしても致し方なし、と夕は考えていた。

だが長助は、ほっとしたように笑って、あっさり頷いた。

「あっしにも手伝わせて頂けるなあ、有難ぇ。お夕さん達が番付づくりに乗りだすってぇ聞いて、てっきり、あっしは番付から手を引けって言われるもんだと思ってやしたから」

夜雪が、つけつけと言った。

「随分、殊勝だな」

長助が、情けない顔で告げる。

「そりゃあ、そんなおっかねぇ奴らが『宝来堂』さんへ押しかけたってぇ聞きゃあ、殊勝にもなりやす。あっしが撒《ま》いた種なんですから」

よかった、と夕が笑った。長助が気遣わしげに訊ねた。

「本当に、あっしがお手伝いしてもいいんで。あっしが関わってると知れたら、せっかくお夕さんが立ち上げた番付にけちが付いちまうかもしれねぇ」

夕は、さも弱った、という風に溜息を吐いた。

「けちが付くのは、困ったわね」

しゅん、と長助が肩を落とし項垂れる。夕は、すぐに「でも」と続けた。

「長さんがいないのは、もっと困るの。私達は番付づくりの素人だし、長さんのように番付を巧く売ってくれる人を、知らないから。それに、ついたけちをどうにかするのが、私の役目」

のろのろと、長助が顔を上げた。

小春は、告げた。

「つまり、新しい番付づくりには、長さんが欠かせないってこと」

再び、長助が項垂れた。

夜雪が、からかい交じりで長助を叱った。

「男が、容易く泣くな。馬鹿もん」


本気で泣きだした長助が落ち着くのを待って、早速「宝来堂」の番付のこれからを話し合うことにした。

「宝来堂」に仲間入りをした顔で、夜雪が話し合いの纏め役に収まったが、小春は眼を瞑《つぶ》ることにした。剛毅《ごうき》な性分は元より、顔が広く物知りで、夜雪を慕う弟子も多い。見た目と剛毅な性分に反し、丁寧な折衷も得手で、近所の揉め事なぞはたちどころに収めてしまう。番付にけちを付けようと張り切っている人々の中には、「藤堂夜雪が関わる」と聞いただけで黙る者もいるだろう。夕にとっても、「宝来堂」の番付にとっても、頼りになる存在だ。

「まずは、お夕さんの考えを聞かせて貰おうか」

夜雪に促され、夕が切りだした。

「番付には、『宝来堂』の名をしっかり載せ、選者が『宝来堂』《うち》であることを、明らかにします」

たちまち、長助が顔を青くした。

「お夕さん、そいつは止《よ》した方がいい」

若い娘の様に邪気のない顔で、夕が訊き返す。

「あら、なぜ」

「なぜって。どんな文句や嫌がらせが降りかかるか、分かりやせんよ。だからみんな番付屋も板元も、『次第違いや抜けは御用捨』ってことわり書きを付けて名を伏せるんです。『宝来堂』さんだって、今までずっとそうしてきたじゃあ、ありやせんか」

政と夕が顔を見合わせた。

何も言わない二人が小春は少しだけもどかしかった。だから、「だって」と口を挟んだ。

「長さんの下書きがそうなってたから、その通りにしたんじゃない」

「そ、そりゃあ――」

もごもごごと、長助が言い返そうとしたが、上手く言葉が見つからないらしく、それきり口を噤んでしまった。

夕が、苦笑混じりに小春を窘める。

「小春。そもそも、その任せきりが間違いの許《もと》だという話になったのでしょう」

「それは、そうだけど」

全く、夕の言う通りで、小春も歯切れ悪く言い返して黙る羽目になった。夕が、長助に向き直った。

「長さん。確かに私達は、今の小春の理屈を言い訳に、長さんの番付に口出ししないで来た。長さんのやり様は、危ういと分かっていながら、ね。それが、今の『大福番付』の騒動を呼んだ」

夕の言葉は穏やかだったけれど、長助は申し訳なさそうに顔を歪めた。

「でも、それでは駄目なの。作った者の素性を隠し、『ほんの洒落だ。笑い飛ばせない奴は野暮だ』と、逃げ回っているのでは。今を乗り切っても、きっとまた同じことが起こる。長さんが作ろうが、『宝来堂』が作ろうが、誰が作ったのか分からなければ、今までと、何も変わらない。優劣、次第を付ければ、必ず不平は出るから。それに、せっかくちゃんとした番付をつくるのなら、胸を張って『私共がつくりました』

って言いたいでしょう」

小春は、夕を横目で見た。

叔母さん、気づいてるかしら。それって――。

小春の心中の呟きの続きを、政が声に出して告げた。

「お内儀さん。それじゃあ、まるで長さんの番付がちゃんとしてねぇように、聞こえやす」

夕は、目を丸くし、白い指を唇に当てて、「あら」と呟いた。

長助が申し訳なさそうに言った。

「その通りですから」

夜雪がごつい腕を胸の前で組み、大きく頷いた。

「うむ。だから騒動になっているのだろう」

困った顔で窘めようとした政を、夜雪が手を挙げて止め、続けた。

「だがそれは、独楽鼠に限ったことではあるまい。お夕さんの言う通り、これまで番付に携わる者は皆、こそこそと素性を隠し、文句が出れば『ただの洒落だ』と逃げてきた。誰も自らが発した『言葉』の責を負わぬ。番付とはそういうものだ、とな」

そうして、夜雪は強面《こわもて》に不敵な笑みを浮かべ、夕、政、小春を見比べた。

「その、『番付の当たり前』を、覆してみるか」

夕が、おっとりと笑った。

政が、丁寧に頭を下げた。

小春は、真っ直ぐに夜雪を見た。

「宝来堂」の心は、既に決まっている。

長助の瞳だけが、不安げに揺れていた。

小さな溜息をひとつ、夕が口を開いた。

「長さんが二の足を踏むだろうことは、分かっていたわ。お調子者に見えて、番付の難しさ、恐ろしさを知り尽くしているはずだから」

政が、渋い顔で再び夕を「お内儀さん、『お調子者』は」と窘めた。

あら、また、と夕が苦笑を零した。すぐに面を改めて続ける。

「私達が素性を隠さないと決めた以上、長さんの名も、番付に載《の》せることになる。だから、無理に手伝ってくれとは言わない。長さんがこれまで通り、ひとりで番付屋を続けるのなら、私達が止める筋合いはない。これからは、『宝来堂』で長さんの番付を摺ることはできないし、大福の番付は作らないという取り決めは、させて貰うけれど」

長助が、唸った。

「あっしの名も、番付に載っけるんですかい」

「長さんだけ隠す、という訳にも行かないでしょう」

「そ、そうでごぜぇやすよねぇ。やっぱり」

ぶふん、と、夜雪が馬並みに荒い鼻息を吐きだした。

「いつまでも、ごにょごにょと。まだ、性根が据わらんのか」

苛々《いらいら》と訊かれ、長助が恨めしそうな視線を夜雪へ送った。

「『宝来堂』さんの評判は、まだまっさらだ。大福番付の件でけちがついちまったあっしの名とは、訳が違うっつうか、何っつうか――」

夜雪の、決して丈夫ではない堪忍袋の緒の切れる音を、小春は聞いた気がした。

ええいっ、と一声喚《わめ》き、夜雪は長助に迫った。

「おい、独楽鼠。お前、お夕さんと組んで仕事がしたいのか、したくないのか。どちらだっ」

長助が丸めていた背中を、ぴんと伸ばした。

「へ、へぇっ。し、い、してぇ、でごぜぇやす」

小春は、堪らず噴きだした。

「変な答え」

夜雪が、大きく頷いた。

「よし。決まった」

夕を見て、言い諭す。

「お夕さんも、独楽鼠にこれ以上の念押しは不要だ。訊けばこ奴は必ず、またごによごによと、迷いだす。それではいつまでも、先へ進めんぞ」

夕は、小さく笑って「はい」と答えた。

よし、とまた夜雪は頷き、三人を見回し、「番付づくりの要」の顔をして、告げた。

「では早速、番付の委細を決めていくとするか」


小春の小さな危惧に反して、夜雪は、番付づくり自体に口を挟むことは滅多になかった。

もっぱら、話し合いの仕切り役に徹しながら、時折読み手として、軽く口を挟んでくれた。

ともかく、「宝来堂」に乗り込んできたあの物騒な「和泉」は、また何か仕掛けて来るだろう。

摺り直しの長助の番付で西の大関へ格上げされた「竹本屋」、長助が振り回してしまった格好の「魚河岸屋台清五郎」の動き、商いの様子も気になるところだ。

菓子屋達が動きだす前に、「宝来堂」番付立ち上げの名乗りだけでも上げておいた方がいい。

つい、前のめりになっていた夕達を、夜雪が宥めた。

「まあ、待て。まずは、なぜ番付を出すのか。そこから決めたがいい」

夕と政が、顔を見合わせた。長助が、そろりと口を開いた。

「それは、先刻から話に出てやすように、あっしの大福番付で起きた騒動を収めるため、でごぜぇやしょう」

夜雪の目が、刹那厳しくなった。また叱られる、とばかりに、長助が首を竦めたが、夜雪は静かに問いを重ねた。

「では、『大福騒動』が収まった先は。番付づくりは仕舞いか」

「この先も、あっしが作ったら、また同じようなことが起きるから、お夕さんが仕切って下さるんじゃあごぜぇやせんか」

ほほう、と夜雪が頷いた。

「番付に載った店や番付を買った客の不平を抑えるために、番付を作って売る。なんとも、可笑しな理屈だのう。不平を抑えるなら、先の大福番付の騒動を詫びる摺り物でも一枚摺って市中に撒き、番付なんぞ出さんのが一番だぞ」

「そ、そりゃあ、そうでごぜぇやすが」

小春は、夕と政を見た。

「叔母さん、政さん。私、そんな番付つくるの、厭だわ。詫びるためだけ、文句を言われないことに一生懸命になってる番付なんて、作るのも、読むのも、面白くないもの」

夜雪が、小春へ向き直った。長助と遣り取りをしていた顰め面はそのままだが、目尻が楽しげに笑っている。

そうね、と小春は小首を傾げ、考えた。

自分は、番付のため、「宝来堂」のために何ができるだろう。どうすれば、番付に載った店、番付を買ってくれるお客さん、そして私達、皆が楽しくなるだろう。

夜雪が、ふいに訊いた。

「今日の茶と干菓子は、どうだ。つまみ食いしたんだろう」

小春は、頬がぽっと熱くなるのを感じた。

「そ、それはつまみ食いじゃなくて、どうすれば美味しくなるか確かめるために、ちょっと茶葉を噛んでみただけ。干菓子だって、煎茶をどれくらいの濃さにするのがいいか、欠けたとこを口に入れて確かめただけだわ。先生、いつも味見しても構わないから、旨くしろって、言うじゃない。だから――」

　夜雪が、がはは、と笑った。

「つまみ食いと言ったのは、悪かった。それで、味を見て茶をどうした。干菓子の味は」

　この庵で小春が茶を淹れると、決まって夜雪はこうして煎茶と干菓子の「謎かけ」を仕掛けてくる。

　小春は、いつもの通り、感じたままを答えた。

「煎茶は、この間の茶葉より深めに蒸してあるのね。香りと甘みがすっきりしていて、渋みが少なかったから、お湯を冷まし過ぎないように気を付けたの。この茶葉なら、こってりした旨味《うまみ》を引きだすより、爽やかさを楽しむ方がいいかなって。干菓子の大人しい甘みを邪魔したくなかったし。干菓子は、京橋《きょうばし》『寿庵《じゅあん》』の落雁《らくがん》。そうね、多分唐物の雪白《ゆきじろ》でつくった『竹林《ちくりん》』かしら。先生は、多分一番上等な『松風《しょうふう》』より『竹林』がお好みでしょ」

唐物、とは、白砂糖のうち、唐から渡ってきた砂糖を指す。雪白は、白砂糖の質。一番上等な三盆白《さんぼんじろ》に次ぐ、二番目にいい砂糖のことだ。

京橋の袂《たもと》にある菓子屋「寿庵」の落雁は、「松風」「竹林」「梅花《ばいか》」の三種があるが、形や色では見分けがつかない。主のその時の気分によって、色々な型を使い、色々な色に染めるからだ。

長助が、ほええ、と、間の抜けた声を上げた。

「落雁の欠片《かけら》だけで、どの店のどの落雁かまで当てちまうのもすげぇが、煎茶の旨さにゃあ魂消《たまげ》た。同じ茶葉使ってるのに、おいらが淹れてた茶とは、まるで違う。小春ちゃん、煎茶道の師匠になれるぜ」

小春は、顔を顰めた。

「よしてよ、長さん。師匠に付いて稽古をしている訳じゃないから、この淹れ方が正しいかどうか分からないし、作法も苦手なのよ。私はただ、自分が美味しいと思う味になるように、勝手な工夫をしているだけ」

はっとした。そうね、と、自らに答えを確かめるように、呟く。

言葉を探しながら、小春は切りだした。

「私は、まだまだ未熟だけれど、叔母さんと政さん、『宝来堂』の助けになりたいって思って、ずっと名所画の下画を描いてきた。でも、番付をやるなら、身内の役に立つだけじゃなく、番付を買ったお客さんや、番付に載った店の人に喜んで貰いたい。『こいつは、分かりやすい』『こんな店は知らなかった』って。できれば、こだわりや味も伝えて『なるほど、助かった』『こりゃ面白い』って言って貰える番付をつくりたい」

長助が、まじまじと小春を見つめている。

にっこりと、夜雪は笑った。

夕が、政と目を見交わしてから、微苦笑交じりで告げた。

「『宝来堂』の番付の大枠が決まったわね。まずは小春の舌をあてにして、食べ物に絞りましょう。小春の挿画と、小春の寸評もつけましょうか」

小春は、仰天した。

「待って。待って、叔母さん。だって、私ひとりで番付なんか決められない」

夕はころころと、楽しげに笑った。

「安心しなさい、小春ひとりにそこまで背負わせたりしないから。小春に頼みたいのは、次第が決まった後のこと。小さな挿画と、さっき小春が言っていたように、こだわりや味が分かるように、一言、二言、添えて欲しいの」

小春は、ぎこちなく頷いた。

「そ、それなら、頑張ってみる」

政が、目を細めて頷いた。

「『宝来堂』の番付は、お嬢の力が一番入用ってぇことになりそうですね」

小春は怯《ひる》んだが、温かな視線を皆から送られ、どうにか頷いた。

どんな番付にしたいのか。言いだしたのは、自分だ。

ずっと付きまとっていた、申し訳なさ、肩身の狭さを振り払う好機ではないか。

「う、うん。精一杯、やらせて頂きます」

夜雪が、再び座を仕切った。

「それじゃあ次は、番付の体裁だな。これが肝心だ」

政が戸惑ったように、訊き返した。

「体裁よりゃあ、中身じゃあねぇんですかい」

夜雪がにやりと笑って答えた。

「食い物の番付の中身なんぞ、どこが大関だ、関脇だ、という次第が全てだろうが。お夕さん達が責めを負うと決めてつくった次第というだけで充分だ。だったら、番付をどう巧く見せるか、枠を先に作った方が話は早い。そこに、思案した次第を嵌《は》めていけばいい」

長助が左の掌を、右の拳でぽん、と打った。

「なるほど、一理ありやすね」

途端に、夜雪が目元を厳しくした。

「ほほーう。一理ある、とは儂に向かって、随分偉そうだな」

面白い様に、長助が顔色を失くした。

「は、い、いや、そういうつもりじゃあ、ねぇんだ。その、そう、さすが夜雪先生、というこってす」

ぶふん、と、鼻から荒い息を出し、長助をひと睨《にら》みしてから、夜雪は立ち上がり、部屋の隅にあった文机《ふづくえ》を持って来た。

文鎮で押さえられた紙の束、硯《すずり》、墨、筆が、おおらかに並んでいる。

文机を揺らした拍子に、ころころと転がり落ちた筆を、長助がさっと受け止めた。

夜雪はまるで気にした様子がない。

「おい、独楽鼠。お前のつくっておる番付は、どんな並びになっとる。なるべく細かく、な」

へ、へぇ、と長助が頷き、

「まず、紙は縦長に使いやす。右端の上から、番付の題、その下に――」

と細かに伝えた番付のつくりを、夜雪がさらさらと紙に書き取っていく。

「こんなもんか」

「へえ、そんな感じで」

と、出来上がった番付のつくりは、小春も見慣れた長助お決まりのものだ。

右上の端から大きめに、番付の題。食べ物や料理屋の番付なら「江戸之味　評判」と、芝居小屋の看板のような文字で記す。番付によって、「味」が、「役者」「読本」「桜名所」と変わる。

すぐその下に、お決まりの「次第不同之義御用捨《しだいふどうのぎごようしや》」――次第については文句を言わないでくれという言い訳が、小さな字で続く。

残りの余白を縦三つに割る。真ん中の狭い枠には、まず一番上に大きな文字で、何の番付か記される。「大福番付」なら、「大福」だ。

その下には「行司」「年寄」「勧進元」と並ぶ。

長助の番付は、「行司」と「年寄」には、洒落を置く。先人や、人ではないものが多かった。

「大福番付」の時は、「行司」が、「まんじゅうこわい」――巷《ちまた》でよく知られている落語だ――、「年寄」に菓子の名「きんつば」「ようかん」「しるこ」と並んだ。

これは、洒落《しゃれ》っ気《け》をつけるためもあるが、要は、誰が次第を決めたのか、分からないようにしたのだ。

番付屋によっては、「次第を付けるような不躾など、とんでもない」という意味を込めて、跳びぬけて評判を取っている店を並べる。

勿論、本当に「行司」役、「年寄」役を務めた者や店の名が並ぶこともある。

残りの二枠のうち、右は「東方」左は「西方」となり、上の段にそれぞれ右から、大関、関脇、小結と、「三役」が順に並ぶ。大概、大関は東と西、それぞれに一席のみだが、関脇と小結は、長助の匙加減《さじかげん》で、幾席か並べることもある。

段を下に変え、前頭として、横並びの店、物が並ぶ。ここもまた長助の気分によって、二段になったり三段に増えたりする。

東方と西方も、長助が適当に振り分けているのだそうだ。

小春は、呆れ混じりに呟いた。

「つまり、細かなところは、その時の気分で、適当に決めてたってことね」

長助が、胸を張って言い返した。

「その時の番付に応じて、つくり分けてたってぇ言って欲しいな」

夜雪が、にべもなく長助を切って捨てた。

「今のは、嬢が正しい」

夕がくすりと笑い、告げた。

「確かに、番付ごとに細かく作り直す、というのも大事ね」

長助が、そっくり返りそうなほど得意げになった。

「ねぇ、そうでごぜぇやしょう、お夕さん」

すかさず、夕が「でも」と、続けた。

「枠は、なるべくしっかり作っておいた方がいいでしょう。これが『宝来堂』の番付だと、すぐに分かって頂けるように」

長助が、すぐさま大きく頷いた。

「さすがはお夕さん。お夕さんのおっしゃる通り」

小春は、綺麗に掌を返した長助に呆れた。

夜雪が、じろりと長助を睨んだ。

「幇間《たいこ》の真似しかできぬのなら、その口噤んでおれ」

長助は、夜雪が余程恐ろしいらしい。さっと両手で口を塞ぎ、こくこくと、忙しなく頷いた。

夕が、夜雪が書き取った番付の枠を指さしながら、呟いた。

「題はこのままが、いいわね。その下の言い訳は要らない。その代わりに、日付と『宝来堂』の名を」

そうやって、ひとつひとつ、割符を合わせるように、夜雪が切った枠を埋めていく。

東と西は、番付の定番だから残す。

大関は、東と西でひと枠ずつ。関脇、小結はその時に応じて。一段目は「三役」のみで、店の下には小春の寸評と挿画を。

長助が、口を挟んだ。

「町名や、店を訪ねる時の目印なんぞも、添えた方が喜ばれやすぜ」

夕はすぐさま頷いた。

「そうね」

前頭は、二段に分ける。寸評は「三役」よりも短く、挿画はなしで町名や目印はあり。

政が呟いた。

「ひとつひとつが盛りだくさんな分、店は絞った方がよさそうでごぜぇやすね」

夜雪が応じる。

「その分、薄っぺらな番付だと思われぬよう、しっかり吟味し、寸評や挿画も怠りのないようにせねばな」

長助が、小春をからかった。

「小春ちゃんの腕と舌に掛かってるぜ」

小春は笑って頷いたものの、頬が引《ひ》き攣《つ》っているのが自分でも分かった。政が励ますように頷きかけてくれたので、少し心は軽くなったけれど。

夕が、真ん中の枠を指さした。

「さて、ここね。勧進元は『宝来堂』にするとして。行司はどうしましょう。私と、政さんの名を並べてもいい」

「あっしは構いやせん」

小春が訊いた。

「私と、長さんは。年寄じゃあおかしいわ」

長助は、自分の名が番付に載ることに対し、ようやく腹を括ったようだ。「でしたら」と、口を開いた。

「行司を二段にして、上の段をお夕さんと政さん、下の段に小春ちゃんとあっしで如何《いかが》です。年寄は、普段は洒落を利かせておいて、番付に入れきれねぇ店が出た時に、そこへ突っ込む」

「そう、ね」

夕は頷いたが、浮かない顔をしている。

さっと、政が夕に声を掛けた。

「お内儀さん。何か気にかかることでも」

「ええ。なんだか、収まりが悪いというか。『宝来堂《うち》』を前に出している割に、『宝来堂』の番付だ、という力が弱いような気がして」

さもあろう、という顔で夜雪が頷いた。

「それは、行司にお前さん方の名をいちいち並べようとするからだろう。腹を括ったのは分かるが、番付を買う方《ほう》にとっては、どこの誰とも分からぬ名を載せられても、ぴんとくるまいて」

小春は、番付の真ん中の枠に、夕、政、長助、小春と名が並んでいるところを思い浮かべながら、応じた。

「確かに、先生のおっしゃる通りね」

夜雪が、長助に言った。

「独楽鼠。お前、『宝来堂』へ入れ」

へ、と、長助が頓狂な声を上げた。

「あ、あああ、あっしが『宝来堂』へ、でごぜぇやすか。でもそれじゃあ、お夕さんに御厄介をおかけするんじゃあ」

夜雪が、鼻を鳴らした。

「お夕さんは、元よりそのつもりだろう」

夕には迷いがない。

「はい。長さんさえよければ」

「お夕さぁん」

また、ぐしぐしと泣き始めた長助を、「止せ、鬱陶しい」と夜雪が叱る。

小春は、夜雪に訊ねた。

「確かに、私達は長さんに『宝来堂《うち》』に来て貰えたらって考えてたけど、それと、番付に名を載せることと、どう関わって来るの」

夜雪は得意げに、にやりと笑った。

「行司と勧進元、それからお前さん達の名を、全て纏めてしまえばいい」

夜雪は、「ここに」と、真ん中の枠を指し、

「余計なものは全て省く。『行司』『勧進元』だけにして、その名を『宝来堂』とする。大きく、堂々と、だ。そして、何か起きた時は皆で責めを負う。独楽鼠も含め『宝来堂』なのだからな」

夕が、夜雪の差した枠を、ゆっくりと指で触れた。

「行司、勧進元として『宝来堂』。自分達の名を明かすことばかり考えていたけれど」

誰にともなく呟いた後、小さな間を置いて、「いいわね」と呟く。

小春も、夕に続いた。

「どうせ、長さんを入れて四人しかいないんだし。『宝来堂』で起きたことは、四人で何とかすればいいのよね」

ぐずぐずと、長助が異を唱えた。

「けど、厄介ごとが起きるんなら、まずあっしからだ。それを皆さんに背負わせるのは――」

夜雪が、喚いた。

「ええい、いつまでも喧《やかま》しいぞ、独楽鼠。己が厄介ごとを引き起こす。そう分かっておるなら、起こらぬように精進せいっ。それができぬなら、『宝来堂』の番付から綺麗に手を引け、馬鹿もん」

ぴょこん、と長助が背筋を伸ばした。

「へ、へへ、へいっ」

夜雪は、夕に向かって告げた。

「こ奴が、ぐずぐず言いだすようなら、儂に言ってきなさい。またここへ預かって、じっくり性根を叩《たた》き直《なお》してくれる」

わあ、と長助が悲鳴を上げた。

「二度と、ぐずぐず言ったりしやせん。お夕さんと『宝来堂』さんのために、身を削る覚悟で働かせて頂きやすっ」

ぎろりと、夜雪が長助を見据えた。

「その言葉、違《たが》えるなよ」

「ももも、勿論でごぜぇやす」

長さん、余程先生が怖いのね。

こっそり笑っていると、夜雪が小春に言いつけた。

「嬢、独楽鼠を見張るのは、嬢の役目だぞ」

長助が、「見張るなんて、そんなあ」と泣き言を言った。小春は笑いを堪え、夜雪に応じた。

「任せて」

「小春ちゃんまで」

「あら、長さんが約束を守れば、いいだけよ」

肩を窄《すぼ》め、長助は「へぇい」と、気のない返事をした。

「なんだ、その返事は」

たちまち、夜雪に叱られ、再びぴょこんと背筋を伸ばし、「へいっ」と言い直す。

政が、小さく笑いながら、夕に言った。

「でしたら、番付の題の下に記すことにした『宝来堂』の名を、板元印にしちゃあいかがでしょう」

役者画や名所画には、作者の名の他に、板元の印を押す。「宝来堂」の名所画も、左か右の下隅に小春の雅号である「春風《しゅんぷう》」を添え、その下に「宝来堂」の板元印を朱で入れている。

小春は、身を乗りだした。

「それ、好き。名所画風で、きっと華やかな番付になるわ」

それから、ほう、と息を吐き、呟く。

「本当だ。先生の言う通り、見せ方の枠に沿って決めたら、すんなり収まっちゃった」

そうだろう、と夜雪は胸を張った。

長助が頷く。

「じゃあ、後はいよいよ、次第の思案でごぜぇやすね、お夕さん。どの店の大福を、どう載せるか。三役をどこの店にするか。となると、こっから先は手始めの大福に絞って、話を進めた方がよさそうです」

皆の目が夕に集まったが、夕の顔は曇っていた。じっと、夜雪が記した番付の枠を見据えている。

政が声を掛けた。

「どうなさいやした」

「ええ」

応じた声も歯切れが悪く、夕らしくない。

再び、お内儀さん、と政に促され、夕はぽつりと呟いた。

「これだけで、いいのかしら」

小春は、首を傾げた。

「これだけ、って」

訊き返した小春に、夕は少し笑って見せた。

「『宝来堂』の名を前に出して、小春の寸評と挿画を載せる。色を乗せて鮮やかにする。その他は、次第に責めを持つ。それだけでは、何か足りない気がするの。色刷も、次第や挿画も、あっという間に他の番付屋が真似をして、埋もれてしまう。これぞ『宝来堂』の番付だ、という何か。もっと、そうね、手に取ったお客さんも、番付に載った店も、お祭りのように盛り上がって楽しめる工夫って、無いかしら」

長助が眉間に皺を寄せ、応じた。

「ううん。こう言っちゃあ何だが、所詮は番付ですからねぇ。読んだ客も、載った店も、そん時ゃあそれなりに盛り上がりやすし、店に客が詰めかけることもありやすが」

小春は、呟いた。

「その時だけ、それなり、か。お祭りって、始まる前から、盛り上がるわよね。宵宮に、お神輿《みこし》のお披露目や、魂入れ。お神楽の音合わせが聞こえて来るだけで、さあ、始まるぞって、わくわくするの」

夜雪が、面白そうな顔になって小春に訊いた。

「前触れの案内でもするか」

長助が口を挟む。

「どいつが番付に載りそうか、三役はどこかを匂わす番付を出すってぇこってすかい。それじゃあ、その前触れの番付の種を、他の番付屋に取られちまいやすぜ。うちより本番付を早く出して、売っちまおうって奴らが出て来やす」

長助は、早くも「宝来堂」をうち、と呼んでいる。調子のいい長助らしいと思う一方で、その馴染《なじ》み方が、小春は嬉しく、頼もしかった。

その内心を隠して、長助に異を唱える。

「あら。でも、『花合せ』で出る番付は、盗まれたりしないわよ。そんな話、聞いたことないもの」

「花合せ」とは、菊や朝顔、桜草など、掛け合わせると変わり種ができる草木の品評会のことだ。植木屋は勿論、武家や商家の好事家《こうずか》は、自慢の「変わり種」を会に持ち寄って、どれが優れているか、優劣をつけ、勧進元は番付を出す。

長助が、言った。

「『花合せ』は、勧進元も行司も、しっかりしてる。会で次第が決まるから、他所の番付屋は、手が出せねぇんだよ」

小春は、胸を張った。

「勧進元もしっかりしてるのは、『宝来堂《うち》』も同じよ」

　夕が苦笑する。

「小春。まだ、しっかりしているかどうかは分からないでしょう。勿論それを一番の売りにするつもりではあるけれど」

　政が、続けた。

「『花合せ』は会で次第が決まるから、他所は手が出せねぇってのは、長さんの言う通りだ。大きな強みでごぜぇやすね」

　夜雪が、殊更おっとりと訊ねた。

「では、その会を『宝来堂』で開くかね」

　そうですね、と夕が頷き、言った。

「我こそはという菓子屋に大福を持ち寄って頂き、会で次第を決める。さしずめ『大福合せ』というところね」

　夜雪が小春を見た。

「そうなれば、行司の役割は大切だな」

　皆の視線が小春に集まり、血の気が引いた。

「わ、私じゃあ無理よ」

夕がにっこりと笑う。

「行司は皆でやるのよ。でも小春の舌と鼻が、大きな力を持つのは確かね」

早速、長助が調子に乗る。

「いっそのこと、行司風の扮装《ふんそう》をして、真ん中に座って貰いやしょうか。可愛い行司が評判になるでしょうねぇ」

無理、いや、無茶だ。

「菓子職人でも料理人でもない、ただの町娘が行司だなんて、誰も得心しないわ。番付の格にも関わるでしょう」

あら、残念、という風に、夕が頬に掌を当てた。

男達は、未練がある顔で目を見交わしている。

小春は必死に思案を巡らせた。

このままでは、やるだけやってみよう、という話になりかねない。

自分が会で行司をする、という無茶な案に代わるいい考えはないか。

私ができないなら、誰に頼む。居並んだ菓子屋の主や職人が得心するような人物。

叔母さんや政さんではだめだ。私よりも頼もしいとはいえ、玄人から見れば菓子のことなぞ何も分かっていない素人なのは、同じだ。

長さんは、少なくとも、大福番付に関しては、もってのほか。「宝来堂」で番付を出し直す意味がなくなる。

では、老舗の菓子屋や、腕利きの職人に頼む。

皆得心はするだろうが、これまでの番付と何も変わらないし、菓子屋同士の付き合いが持ち込まれるかもしれない。弟子の店は甘く、とか、商売敵は三役にしない、とか。

だったら、夜雪は。

ああ、いいかもしれない。小春は考えた。

夜雪先生なら、俳諧宗匠として名が通っているし、先生の甘いもの好きは知れ渡っているもの。

口にしかけて、小春は、ふと黙った。

待って。

甘いもの好き。甘いもの好きは、夜雪先生だけじゃない。江戸市中に、沢山いる。

「そうよっ」

小春は、叫んだ。

黙りこくった小春の様子が気になったのか、首を伸ばして小春の顔を覗《のぞ》き込《こ》んでいた長助が、わっとのけ反った。

「たたた、魂消た。急におっきな声ださねぇでくれよ、小春ちゃん」

長助の不平を聞き流し、切りだした。

「行司は、『甘いもの好き』ってことで、どうかしら」

政が、「お嬢」と訊き返した。

「大福が好きな人、皆に、大福を食べて貰って、札入れで選んで貰うの。菓子屋のご主人も、職人さんも、お客さんに『何も分からない素人』とは言いづらいでしょうし、勿論、仕上げの次第は、札入れを下敷きにして『宝来堂』が決める。決めた訳をちゃんと番付に添えて。何だったら、札入れで決まった次第と、『宝来堂』が決めた次第、並べてもいい。そうね、例えば東の方は札入れ、西の方は『宝来堂』。そうすれば、番付を買った人達がまた、お祭りのように、盛り上がってくれるわ。甘いもの好きが選んだ東と、『宝来堂』の西、どちらが目利きか比べて貰うのも楽しいと思うの」

長助が、そろりと口を挟んだ。

「札入れするお人は、どうやって決めるんです」

「やりたい人は誰でも」

「それじゃあ、菓子屋の身内がやってきて、身びいきの札入れをするかもしれねぇ」

それも、そうだ。

考え込んだ小春に、政が助け舟を出してくれた。

「それは、工夫の仕様でどうにでもなるでしょう」

夕も言い添えた。

「味比べと札入れ、一時《いちどき》に会の中で済ませたらいいわ。札入れのお客さん同士、顔が知れていれば菓子屋の身内、当人だと分かってしまうかもしれない。それだけで、身びいきの札入れは、随分抑えられるはずね」

小春が訊いた。

「菓子屋さんには、大福を『宝来堂《うち》』に持ってきて貰うのかしら。それぞれの店で食べて来て貰う訳にはいかない」

夕が答える。

「花合せのような会にするなら、持ち寄って頂くのがいいわね」

政が続いた。

「本当に食べてきたかどうか、確かめようがありやせんし、先刻の『身びいき』札入れも起きちまうかもしれない」

小春は、がっかりした。

「それじゃあ、会に加わって貰う菓子屋さんを募らなきゃあ、いけないのね。会に加わってくれた店しか番付に載せられない」

夕の瞳が輝いた。閃《ひらめ》いた、という風に頷き、切りだす。

「いっそ、そこを逆手にとって、売りにしてしまいましょう。『大福合せ』と番付に加わって下さる菓子屋を大々的に募るの。それなら、少なくとも『番付に載っていない』という不平はなくなる」

うん、うん、と小春は首を縦に振った。なんだか、わくわくしてきた。「大福合せ」の当日が宵宮、神輿の魂入れ。番付の出来上がりが、本祭だ。

「叔母さんが言った通りの番付になりそうね。大福を作る方も、食べて札入れする方も、お祭りのように盛り上がって楽しめるもの」

ううん、と長助が唸った。

「確かに、大福みてぇな菓子なら巧いこと行くかもしれねぇ。ですが、料理屋なんかの番付はどうしやす。集まって一時に料理して貰うってぇ訳にもいかねぇでしょう」

先刻から、長助は話に水を差してばかりだ。

小春は言い返した。

「その時はその時で、また工夫すればいいじゃない。今は、『大福番付』に絞って話をしているのだもの」

うはは、と夜雪が笑った。

「うむ。嬢が正しい」

そうでしょ、と思ったところで、夜雪が諭す目をして小春を見た。

「だが、独楽鼠の言うこともまた、正しい。新しいことを始めるのは、大八車《だいはちぐるま》を操るのと同じじよ。上り坂で後ろから押す者、下り坂の勢いを止める役目、どちらも大切じや」

小春は、夜雪を見、長助を見た。

夜雪の言う通りだ。

「すみませんでした、先生。長さん、ごめんなさい」

頭を下げた小春を、泡を食った様子で長助が止めた。

「詫びて貰うことなんかねぇよ、小春ちゃん」

「ううん。番付には長さんが一番詳しいんだもの。長さんの言葉はちゃんと聞かなきゃいけないのに」

がはは、と夜雪が笑った。

「よしよし。どちらも、良い子じゃ」

子供扱いをされ、小春と長助は顔を見合わせた。

それで、と夜雪が夕へ視線を移した。

「お夕さんは、どう思われるかな」

「そうですね。長さんの言うこともないがしろにはできませんが、今は早く『大福番付』を形にすることが大事。やってみて分かる不手際や、壁もあるでしょうし、まずは動いてみて、その中で方策を練ろうと思います」

長助が、しゅんと項垂れた。

「そもそも、お夕さん達がどうして番付づくりに乗りだす羽目になったのか。そいつを忘れて浮かれちまってたのは、あっしでした。まずは、『大福番付』をやり直すことが一番だ」

夕が、穏やかに長助を諭した。

「そのことは、もう忘れて頂戴。同じことを繰り返されては困るけれど。小春の言った通り、長さんの話は『宝来堂』にとって、とても大事なのだから」

すかさず、夜雪が続ける。

「二度とぐずぐず言わぬと、約束したばかりではないか」

すいやせん、と頭を下げながら、長助は嬉しそうに夕を見た。

小春は、やれやれ、と内心でぼやいた。

恋の鞘当《さやあ》て、なんて始まらなきゃいいけど。ああ、それより、政さんが一歩引いちゃいそうなのが、心配だわ。

「すると」

政の低く響く声で、小春は我に返った。

「摺り物を二度、売りだすことになりやすか」

夕が応じる。

「そうね。『大福合せ』の名乗りを上げてくれた店を知らせる札入れ番付と、本番付」

長助が言った。

「二つは一目見て違いが分かるようにした方がいいんじゃねぇかと。先に出る札入れ番付を本番付だと思う客も出てきやすでしょう」

「それじゃあ、札入れの方は、できるだけ簡単なものにしましょうか。色を入れずに店の名だけを並べて。いっそのこと、無料《ただ》で配りましょう」

「札入れ番付は、並び順でも、店から文句が出そうだ。右より左、下段より上段が格上だと見られやすからね」

夕と長助が、てきぱきと話を進め始めたので、小春と政、夜雪は黙って遣り取りを見守った。

「だったら、傘連判《からかされんぱん》にするのは、どうかしら」

「傘の骨みてぇに、中心から外に向かって、名を丸く並べて書く奴ですかい。そりゃあ、いい。どの店が一番か分からねえし、見た目も変わってて目を引きやす」

夕と長助が、うん、と頷き合った。

政と小春は、小さく笑い合った。

夜雪が、重々しく告げた。

「ではまず、番付の『大福合せ』に名乗りを上げる菓子屋探しから、だな」

四――和泉の胡椒大福

夜雪の庵で、「大福番付」の話をしてから十日の後のことである。

小春は、店先で客に見せた名所画の見本を片付けながらぼやいた。

「すんなり、事が運ぶとは思ってなかったけど」

小春を手伝いながら、長助がしょぼしょぼと小春に応じた。

「まさか、一軒も集まらねぇとは」

小春は、堪らず文句を言った。

「きっと、『和泉』の番頭さんが手を回したのよ」

帳場格子の内にいた夕が、小春を窘める。

「確かではないことで、先様を責めるものではないわ」

「だって、叔母さん。叔母さんが頭を下げに行っても、夜雪先生が口を利いてくれても、小さな菓子屋一軒、うんと言ってくれないのよ。きっと、何かある」

長助が、したり顔で小春を宥めた。

「小春ちゃんの気持ちも分かる。おいらだって、奴らが怪しいって踏んでるよ。だが、そいつを口にしちゃあ、お仕舞《しめ》ぇよ、ってぇもんだ。『大福番付』をやり直すにゃあ、『和泉』と『竹本屋』、それに『魚河岸屋台』の清五郎さんに応じて貰わなきゃいけねぇ。いい返事を貰うまで、そ知らぬふりで、下手《したて》に、下手に出なきゃあ」

どこかの芝居で聞いたような台詞《せりふ》、「そいつを口にしちゃあ、お仕舞ぇよ、ってぇもんだ」のくだりで、軽くかちんと来た。

その一方で、長助が「大福番付」の騒動に纏《まつ》わる話を、こだわりなく口にするようになったことに、ほっとする。

夜雪に「ぐずぐず言わない」と約束をした通り、申し訳ないとか、自分がいて大丈夫か、と、長助が口にすることはない。だが、一見おちゃらけているようで、「宝来堂」へ来た後もあの騒動を気にしているのは、小春も察していた。

だから、早く、ふっきれるといいなと、念じている。長助は、もう「宝来堂」の身内なのだ。

小春は、夕と嬉しそうに話している長助へ、声に出さず語りかけた。

「大福番付」、大評判の番付にしなきゃね、長さん。

夕が、和やかな口調のまま、長助を窘めた。

「それから、長さん。声を掛けるお店《たな》には、こちらの内証、目論見《もくろみ》は関わりない。等し並に、心を込め、落ち着いて、対してください」

「へぇ、すいやせん。お夕さん」

叱られて嬉しそうなのも、おちゃらけ具合と同じくらい気に食わないわね。

小春が、ぷっと頰を膨らませたところで、出かけていた政が戻ってきた。

「戻りやした」

「お帰りなさい。政さん、うかうか店を空けたりしたら、盗《と》られちゃうわよ」

心の中で、「長さんに、叔母さんを」と続ける。

政は、首を傾げて「誰に、何をです」と訊いてきた。

呆れた、と小春が文句を言うより早く、政が告げた。

「心配してた通りでした。『和泉』が、他の菓子屋に手を回してやす。『宝来堂』から『大福合せ』の誘いが来ても乗るなと」

「やっぱり」と、小春は呟いた。

政は、朝から「少し出て来やす」とだけ告げ、出かけていたのだ。

夕が、咎めるように政を見た。

「一言、言ってくれればよかったのに」

政は、苦笑いで夕に詫びる。

「申し訳ありやせん。鑿《のみ》を研ぎに出しがてら、ちょいと思い立ったもんですから」

政さんったら、叔母さんに気を遣っちゃって。

鑿研ぎなら政が自分で出来るし、「少し出る」なぞと行き先を濁さなくてもいい。

長助が、慌て過ぎて咳込《せきこ》みながら、確かめた。

「政さん、もしや『和泉』に殴りこんだんですか」

「人聞きの悪《わり》ぃことを、言わねぇでくだせぇ」

「じゃあ、昔取った杵柄《きねづか》で、探ったんだ」

政は、苦笑いで首を横へ振った。

「あっしが探ってると『菓子屋』側に知れりゃあ、余計こじれる。久保田のご隠居にちょいとお頼みして、話を聞いて貰ったんでさ。そうしたら、初めは『大福合せ』と札入れの番付を面白がってた菓子屋も、『和泉』から話をされて、軒並み手を引くことにしたようで」

長助が、青くなった。

「やっぱり、あっしの『大福番付』が原因《もと》――」

政が、渋い顔をした。「宝来堂」の物静かな摺り師が機嫌の悪さをここまで面に出すのも、珍しい。

政は、小さな間を置いてから、顔つきと揃いの渋い声で答えた。

「まあ、長さんの名も、出してるそうですが」

長助が、様子を窺うように、政を見、それから夕と小春へ視線を向けた。

「もってぇことは、ええと」

長助は、言いづらそうだ。政が、むっつりと告げる。

「『和泉《うち》』は、『宝来堂』で酷い目に遭った。美人の女主に悪《あ》し様に罵られ、人相の悪い職人に手代が乱暴され、鼻っ柱の強い総領娘に菓子の味を貶《けな》された。あんなところの番付に載ったらろくなことにならないから、止した方がいい」

「何、それ」

思わず小春は、声を上げた。政が答えた。

「長さんの『大福番付』よりも、『宝来堂』に虚仮《こけ》にされたことが、腹に据えかねたってぇことでしょう」

「叔母さんは罵ったりしてないし、手代だっていう怖い人達が先に乱暴しようとしたんじゃない。政さんの方が強かったってだけだわ。私は、本当のことしか言ってない。そりゃ、政さんの話は、ちょっと端折ったけど」

「でも、お嬢。そいつを見聞きしていたお人はいねぇ。どんな風にも話の筋を曲げられるってぇ訳ですよ」

「子供の屁理屈みたい。評判の菓子屋のくせに、随分器が小《ち》っちゃいのね」

あのう、と長助が、政と小春の遣り取りに割って入った。

「そ、それで、政さん。あっしのことは何て」

政は、束《つか》の間《ま》思い出すような顔をして、ああ、と頷いた。

「長さんのことは、大関に屋台の菓子屋を据えた奴が『宝来堂』の番付を作るってぇくらいですねぇ。『そちら様も、屋台の大福と並べられたくはないでしょう』と言われ、そりゃあもっともだ、と思ったそうです」

長助が、ほっとした顔をした。すかさず小春は、長助に不平を言った。

「あ、今ほっとしたでしょ。自分は、根も葉もないこと言われずに済んだって」

長助は、良くも悪くも正直で、小春には夕と政に比べて気兼ねしない。今も「そりゃあ」と、小春に応じた。

本書を読んで、父藤沢周平の遺した『三屋清左衛門残日録』を思い出しました。砂原さんの小説には、読む人を裏切らない、信頼と安心感を与えてもらえます。

エッセイスト **遠藤展子**

家族の情、夫婦の愛、働く意義、不正に挑む勇気。
人生に大切なことが詰まった傑作だ。"美しく生きるとは何か"を問う時代小説の伝統を、この一冊で確実に受け継いだ。

文芸評論家 **末國善己**

昭和の海坂藩、平成の羽根藩、そして令和の神山藩——。
砂原浩太朗はデビュー二作目にして、自分の世界を確立した。

文芸評論家 **細谷正充**

老年に達してなお、
人は誇りを
持ちつづけることが
できるのか。
人生の
苦みと優しさ、
命の輝きに満ちた
傑作時代長編!

「皆さんの言われようを聞きゃあ、おいらはどんだけ酷く言われてんのかと、心配になるさ。本当のことを言われただけなら、諦めもつく」

小春は、小さく息を吐いた。

「確かに、その通りね。本当じゃないことを噂されるのって、気が重い。だって、私は総領娘なんかじゃないのに」

長助がにやにやと笑いながら、小春をからかった。

「小春ちゃんは『宝来堂』の要《かなめ》だってことさ。褒められたんだよ」

「褒められたのは、叔母さんだけよ。叔母さんは美人。政さんは人相が悪い。私は、鼻っ柱が強い」

小春は、長助の顔をじっと見た。

「ねぇ、長さん」

長助が、何だ、という顔で小春を見返した。

「屋台の清五郎さんの大福、載せたのを悔いているの。しくじった、間違ったと」

長助は、寂しそうに笑った。

「思ってるよ。そのせいで、お夕さん達を巻き込んだ大騒ぎになっちまったんだから」

「そうじゃなくて。大福の味のことよ」

「小春ちゃん、清五郎さんの大福は、もう食ったかい」

「ううん。長さんの番付を見て、食べてみたいって思ったけど、魚河岸でしょ。なんとなく、行きづらくて」

ああ、と長助が頷いた。

「確かに、魚河岸の辺りは気短で喧嘩《けんか》っ早《ぱや》い野郎ばっかりだ。しかも、屋台とくりゃあ。娘さんひとりじゃ、おっかねぇか」

小春は、身を乗りだして訊いた。

「清五郎さんの大福。美味しいの」

長助の答えには、迷いがなかった。

「美味《うま》いよ」

「どんな風に」

ううん、と長助が唸った。

「おいらは、小春ちゃんみてぇな舌は持ち合わせちゃいねぇから、どんな風っててぇ訊かれても、はっきりは分からねぇけどよ。気風も威勢もいい、江戸の河岸で働く男が好きそうな大福だ。それに、屋台だけあって、客との関わり様が気持ちいいんだよな」

ふうん、と、小春は呟いた。

「食べてみたいなあ」

政が、小春に訊いた。

「食べてみやすかい。あっしと一緒なら、お嬢も行きやすいでしょう。買ってきてもいいが、屋台で買って、その場で食うってのも、味のうちだ」

小春は、嬉しくなって訊き返した。

「いいの」

「勿論」

「行きたいっ。行こう、政さん」

居ても立っても居られなくなり、小春は政を急かした。

「ちょっと待って。小春」

やんわりと夕に止められ、浮かせかけた腰を落ち着け直す。

「その前に、鬱陶しい揉め事を片付けてしまいましょうか」

そうだった。

そもそもは「揉め事」の話をしていたはずで、呑気に大福の味見に、政を連れだしている場合ではなかった。

ごめんなさい、と詫びかけて、小春は戸惑った。

揉め事を片付ける、という言葉とは裏腹に、夕の顔は楽しげだったから。

「叔母さん」

小春の問いかけに、夕はにっこりと笑って立ち上がった。

「政さん、大福の味見の前に、付き合ってくださいな」

応じて立ち上がった政は、苦笑いだ。

「ちょっと待って、叔母さん」

小春は、心配になって引き止めた。

声も顔も大層上機嫌。ただ、目が笑っていない。放つ気配が物騒だ。

夕が、にっこりと小春に笑いかけた。

「小春は何も心配することはないのよ」

胸の裡を読まれたように言われ、余計心配が増す。

「まさかとは思うけど。『和泉』に怒鳴り込みにいく訳じゃ、ないわよね」

長助が、あはは、と笑った。

「お夕さんが、そんな物騒な真似をする訳《わき》ゃねぇ。ねぇ、お夕さん」

夕は笑ったまま、答えない。

頬を強張らせ、明るさを上乗せして、長助が政に助けを求める。

「ねぇ、政さん」

政も、困ったように笑むのみだ。

長助が青くなった。

「ちょ、ちょちょちょ、ちょいと、待った」

ふふ、と夕が若い娘のような、邪気のない笑いを零した。

「長さんまで慌てて。これから、『大福合せ』と番付の札入れに加わって頂こうというお店《たな》に怒鳴り込んだりは、しませんよ」

長助はほっとした顔になったが、小春は疑いの目を夕へ向けた。

「じゃあ、どこへ行くの」

「菓子屋の皆さんが札入れに加わって頂けない原因《もと》がはっきりしたのなら、そこを何とかするのが手っ取り早いわ」

気を抜いていた長助が、再び顔色を失くした。

「え、やっぱり、『和泉』へ殴り込みに」

「殴り込みじゃなくて、怒鳴り込みよ」

言い直した小春と、長助を、夕がやんわりと窘めた。

「どっちも違うわ。少し話をしに行くだけ」

小春は、腹を決めて告げた。

「それじゃ、私も行く」

「小春」

窘めるような夕の呼びかけに、小春は首を横へ振った。

正直、「和泉」に行くのは少しだけ恐ろしい。あの手代達がいたら、どうしよう。意地悪な番頭と顔を合わせるのも、気が乗らないし、もしかしたら、「和泉」の菓子を作っているという主《あるじ》と息子は、番頭よりももっと嫌な奴かもしれない。

でも、そんなところへ行っている夕を、「宝来堂」で案じて待つくらいなら、一緒に行った方がまだ安心できる。

「少し話をしに行くだけなのでしょう。邪魔はしないから」

夕の瞳が悲しげに揺れたのを見て、胸の隅がずきりと痛んだ。

ほろりと、ひとりでに言葉が零れた。

「ごめんなさい、強情で。叔母さんも政さんも、きっと、私を番付づくりに引き込むんじゃなかったって、思ってるわよね」

　夕が、呆れたように笑った。

「そんなこと、ある訳ないでしょう。貴方《あなた》の才は、『宝来堂』の番付にとって大きな力なのだから」

　夕は少し迷うように口を閉ざしてから、それにね、と、微かにしんみりした調子で続けた。

「よかったと、思ってるのよ。小春は家へ来てから、今が一番生き生きとしているから」

「そう、かな」

「ええ」

「私が生き生きしてる方が、叔母さんは嬉しい」

「当たり前じゃないの」

「だったら、尚更《なおさら》連れてってって。もし大福の味の話になったら、私の舌が少しは役に立つでしょう。それに、噂の通り、『和泉』の人達が、私に『菓子の味を貶された』と思っているなら、私自身がお詫《わ》びをしなきゃならないもの」

　夕が、まじまじと小春を見た。

　小さく噴きだしたのは、政だ。

「さすがは、お内儀さんの姪っ子だ、よく似てる。言いだしたら聞かねぇ」

諦めた風に、夕が笑った。

「仕方ないわね」

小春は、勢いよく立ち上がった。

「一緒に行って、いいの」

「ええ。嫌がる長さんを引きずって、こっそりついてこられるより、少しはましだから」

小春は笑った。

「酷い」

夕も笑った。

「本当のことでしょう」

柔らかな笑みを収め、夕が言い添える。

「その代わり、約束して頂戴。余計な口は挟まないこと」

小春は、小さく頷いた。

「大丈夫。叔母さんと政さんの邪魔はしないわ」

夕が小春に向けた寂しそうな笑みで、気づいた。

夕は、小春が夕の邪魔をすることを心配してるのではない。小春が危ない目に遭うのではないか、厭なことを言われて傷つくのではないかと、案じてくれているのだ。

私は大丈夫。叔母さん、心配し過ぎよ。

そう口に出して告げると、夕は決まって寂しそうな顔をする。

そんな時政は、「お嬢を心配するのが、お内儀さんの愉《たの》しみなんですよ。楽しみを取り上げないで差し上げてくだせぇ」と、言う。

だから小春は、敢えてもう一度「大丈夫」と告げた。自分ひとりではないから「大丈夫」なのだと、伝える為に。

「何て言ったって政さんがいるから、私が暴れても止めてくれるわ。それに、私が暴れる前に、叔母さんが暴れるんでしょう」

夕が、顰め面をした。

「全く、話がどんどん大仰になって行くわね」

それから、堪えきれず、という風に小さく笑い、小春と政を促した。

「早速行きましょうか。長さん、留守をお願いね」

自分は行かなくていいと知り、あからさまにほっとした長助が、小春はほんの少しだけ癪《しゃく》に障った。

下谷の「宝来堂」を出て、夕が足を向けたのは東南、隅田川を目指している気がして、小春は訊ねた。「和泉」へ「殴り込み」に行くなら南、神田佐久間町だ。

「『和泉』へ行くんじゃないの」

夕は小春を見ずに、ふふ、と笑った。

「両国広小路まで」

小春は、両国広小路と聞いて、ぴんときた。

「ひょっとして、『竹本屋』さん」

長助の摺り直した大福番付で西の大関に据えられた、京の菓子屋の出店だ。

「『和泉』さんに折れて頂くために、ちょっと寄り道を、ね」

「竹本屋」に取り成して貰うつもりなのだろうか。

小春はその考えをすぐに自ら打ち消した。

「和泉」と「竹本屋」は折り合いが良くないという。「和泉」は「竹本屋」に事あるごとに張り合い、「竹本屋」は「和泉」を軽んじている。

「和泉」が「竹本屋」の話に耳を傾けるとは思えない。

何より夕の先刻の怒りぶりからして、穏便に済まそうとは考えていまい。そっと政に目配せをしてみたものの、政にもにっこりと笑って往《い》なされた。仕方ない。「余計な口は挟まない」という約束だ。全ては夕と政に任せよう。

小春は心を決め、歩みを進めた。

「竹本屋」での用はすぐに済んだ。せっかく三人で出てきたのだからと、両国橋から猪牙舟《ちょきぶね》を頼んで、神田川を遡《さかのぼ》ることにした。梅の香りを微かに孕《はら》んだ冷たい風が、気持ちいい。あっという間に佐久間町についてしまったのが、小春は寂しかった。

「和泉」は、佐久間町の東隅、神田川に面した表店にあった。

入口は、腰高障子のうち、障子に当たるところを細かな縦格子に変えたような木戸だ。縦格子を隠すように、味のある字で「和泉」と染め抜いた藍の暖簾《のれん》が掛けられ、その両脇は、幾度も塗りを重ねたのだろう、深い柿渋の黒板塀が続く。店の前には鮮やかな緋毛氈《ひもうせん》を敷いた縁台が二つ並んで、神田川を眺めながら茶と菓子が楽しめるようになっている。

菓子屋というよりは、料理屋、店の前は粋な茶店のようで、小春は戸惑った。

からから、と軽やかな音が鳴り、木戸が開いた。

出てきたのは、口許を軽く綻ばせた女客だ。

「毎度ご贔屓《ひいき》に」

静かな男の声が、女客を送りだす。番頭の声ではない。

きっと、先だって潰し餡と胡椒の大福を買った時に、相手をしてくれた若い人ね。

あの怖い手代さん達がいたら恐ろしいし、番頭さんがいたら、気まずいなあ。

そんなことを考えながら、夕、政に続いて店の中へ入る。

店の中は、小春が訪ねた時と同じ。土間、板の間と続き、壁にぐるりと設えられた棚の四分ほどに、菓子箱——井籠《せいろう》が並んでいる。茶席の菓子などを扱う上菓子屋では、客へ菓子を届ける時に使う器だが、「和泉」では、つくった菓子を仕舞い、店に並べておくために使っているのだと、小春は目の前の男に教えて貰った。

黒漆の井籠が大福、朱漆が山芋を皮に使った薯蕷《じようよ》饅頭、蒔絵《まきえ》の井籠が煉羊羹だ。

空になった井籠は、店の中へ下げる。棚にびっしり並んだ井籠が全て空になれば、その日の商いは仕舞い。店を閉めるそうだ。

「いらっしゃいやし」

穏やかな声、穏やかな笑みで、確かに見覚えのある二十をひとつ、二つ過ぎた歳頃の男が迎えてくれた。まだ奉公して日が浅いのだろうか、少しぎこちない物言いで、続ける。

「まだ、煉羊羹も饅頭もごぜぇやすよ。今日の大福は潰し餡に黒胡椒でごぜぇやす」

小春は内心、驚いた。

十日に一度、餡の味を変えるはずだったのに、先だって小春が食べたものと同じだ。餡の工夫がひと巡りしてしまうほど、あれから日は経っていない。

夕が、丁寧に頭を下げた。

「『宝来堂』と申します。ご主人に伺いたいことがございまして、参りました」

若い男は、「宝来堂」と聞くと、まずはっと小さく息を吞み、次いで、眼を輝かせたような、一方でふいに気を張ったような、込み入った顔つきをした。

誰かを探す様な視線が、小春でひたと止まり、小春はたじろいだ。

ばたばたと、慌ただしい足音が聞こえてきて、やはり見覚えのある顔が、聞き覚えのある声で喚いた。

「お、お前さん方――っ」

夕が、にっこりと笑った。

「おや、先だっては大変お世話になりました。番頭さん」

鬼の形相で追い返しにかかるかと思いきや、番頭は、どこか怯えた様子で訊き返した。

「な、何しに来た」

若い男が、困ったような笑顔を番頭に向けた。

「失礼だよ、番頭さん」

「ですが、若旦那」

え、この人、若旦那だったの。

小春は、「物慣れない奉公人」とばかり思っていた若い男を、改めて見遣った。

番頭が、若旦那の耳元で何やら囁いた。若旦那が、改めて小春を見つめ、「やはりこちらが」と呟いた。

きっと、砂糖のことで難癖をつけた小娘だとでも、告げ口したのだろう。

若い男は、小春に軽く笑いかけてから、番頭に指図をした。

「お父っつあんを、呼んできて。『宝来堂』さんがいらっしゃったから、と」

番頭は、渋々、と言った様子で「はい」と若旦那に応じ、奥へ引っ込んだ。

すぐに客がやって来て、小春達は脇へ避《よ》けた。主を待つ間、客はひっきりなしにやってきては、菓子を買って帰った。

大福が一番売れるようで、中には「また『胡椒』かい。確かに旨いけど、十日を過ぎても同じものなんて初めてじゃあないか」と訊ねる贔屓客もいた。

若旦那は、

「また食べたいと言って下さるお客さんが多うございましたので」

と、笑顔で答えていた。

その様子は、やはり物慣れないぎこちなさが目立ち、番頭に指図をした落ち着きぶりは影を潜めている。

ようやく客が途切れたところで、若旦那は、ふう、と溜息を吐いた。

小春達三人を見回しながら、弱々しい笑みでぼやいた。

「今まで、お客さんとの遣り取りは、番頭さんに任せていたので、まだ勝手が摑《つか》めなくて。菓子だけつくっているのでは、駄目ですね」

なんだか、すごくいい人に見える。

小春は内心で呟きながら、若旦那に告げた。

「私、少し前に一度、若旦那がお店にいらした時に伺っています」

ぱっと、若旦那が顔を明るくした。

「ええ、覚えております。なかなか、お客さんの顔を覚えられず難儀していますが、お嬢さんは、確かに」

嬉しそうで、照れ臭そうな理由はさっぱり分からないが、穏やかな笑顔と物言いを、小春は好ましく感じた。

本当に、この人が長さんや「宝来堂」に脅しをかけた菓子屋の若旦那なのかしら。

つい、しげしげと若旦那を見つめていた小春を、若旦那が見返した。眼が暖かく笑っている。

「あ、すみません」

思わず詫びた小春に、若旦那が声を掛けた。

「お嬢さんですね。大福の砂糖の質を言い当てたというのは」

すみません、と小春は繰り返した。

「難癖をつけた訳ではなく、砂糖の質が落ちたことに、その、気づいていたので、番頭さんには、売り言葉に買い言葉で、つい――」

ああ、「余計な口は挟まない」って叔母さんと約束したのに。

小春は、自分が情けなくて唇を噛んだ。

若旦那は、面を改め、首を振った。

「うちの番頭がそちら様にしでかしたことは、申し訳ないと思っています。それに、お嬢さんが言ったことは、間違いじゃあない。まさか、あの砂糖の味の違いが分かるお人が、お客さんでいらっしゃるとは、正直思いませんでした。しかもそれが、お嬢さんのような可愛らしい娘さんだなんて」

可愛らしい、なぞとついぞ言われたことがなかった小春が、どう返していいか分からず戸惑っているところへ、番頭が苦虫を嚙み潰した面持ちで、戻ってきた。

「主がお会いになるそうです。奥へどうぞ。若旦那も、旦那様がお呼びでございます」

分かった、と若旦那が頷いた。穏やかな声、穏やかな目で、続ける。

「それじゃあ少しの間、お客さんを頼むよ、番頭さん。くれぐれも、お客さんに余計なことを吹き込まないように」

神妙な顔で、番頭が「はい」と応じた。若旦那が更に念を押す。

「とりわけ、番付、『宝来堂』さん、『竹本屋』さんのことについては、お客さんから問われても、決して口にしないように。またお父っつあんにこっぴどく叱られたくなければ」

番頭が、震え上がった。

「し、承知しております」

答えた声が上擦ってひっくり返る。

こちらまで、番頭の怯えが伝染《うつ》りそうだ。

小春は、そっと生唾を吞み込んでから、若旦那について「和泉」の奥へ向かった。


案内された六畳間では、若旦那にそのまま歳を取らせたような男が、居住まいを正して待っていた。

若旦那が男の傍らに、「宝来堂」の一同は「和泉」の二人の向かい、夕を真ん中にして、政が右、小春が左に、それぞれ腰を下ろした。

「和泉」の主は三右衛門《さんえもん》、若旦那は修太郎《しゅうたろう》と名乗った。

「煉羊羹の仕上げで手が離せなかったものですから。お待たせして申し訳ない」

若旦那よりも少し重みのある、落ち着いた口調で、三右衛門はまず詫びた。

小春は、夕と政に合わせ頭を下げながら、こっそり辺りの匂いを嗅いだ。

奥の部屋でも、砂糖の甘い匂いがする。「和泉」の大福と同じ、美味しそうな匂いだ。

次に、主、三右衛門の顔を盗み見た。

番頭さんが震え上がっていたから、どれだけ強面の人なんだろうと思ってたけど。

三右衛門は、面立ちだけではなく、佇まいも、話し方も、修太郎とよく似ていた。

穏やかで静か、声を荒らげる姿など、思い浮かびそうもない。

ふいに、三右衛門が小春を見た。目許が穏やかに和んでいる。

「お嬢さん、心配は要りません。そちら様で暴れた手代二人は、下働きをさせていますので、こちらへ顔を出すことはない。番頭も、客あしらいを禁じていたんですがね、息子をこの座に呼んでしまったので、その間だけは仕方ありません」

あの怖い人達、本当に手代さんだったんだ。てっきり、長さんと「宝来堂」を脅すために雇った人達だと思ってたけど。

小春は、驚いたし、戸惑った。

驚いたと言えば、「和泉」主と息子の人となりだ。

番頭に長助と「宝来堂」を脅させたくらいだ。もっと偏屈で狭量、気短で粗野だと思っていた。あるいは、狡《ずる》賢いか。なのに、大層穏やかで、笑顔も優しげ、小春のことも気遣ってくれる。

番頭に客あしらいを禁じていた、手代も下働きをさせているということは、ひょっとして、番頭が勝手にやったことなのだろうか。

色々驚かされるし、肩透かしを喰らわされた気分だ。

三右衛門が、夕に向き直った。

「御用の向きを伺う前に、詫びをさせて下さい。うちの番頭が、そちら様で無体な真似をしたそうで。奉公人の躾《しつけ》がなっておりませんでした。どうぞご容赦ください。お嬢さんにも怖い思いをさせて、申し訳ない」

夕が、軽く首を傾げた。

「つまり、番付屋だった手前共の奉公人、長助を脅し、手前共のところへ押しかけたのは、番頭さんの勝手な仕業だとおっしゃるのでしょうか。ご主人はご承知ではなかった、と」

三右衛門の穏やかな佇まいは変わらない。

「主人は手前ですから、責めは手前が負います。番頭も手代達も、当分は商いに関わらないよう、指図をしました。手前も息子も、菓子づくりにかまけ、商いを番頭に任せきりだったことを悔いていましてね。息子が、店は自分が見るから、と」

父と同じ顔で、修太郎が頷いた。

夕が、そうですか、と応じた。

「手前共の大切な摺り師を『人相が悪い』、画師は『鼻っ柱が強い』、だから『宝来堂』の番付は信用ならぬ、と噂を流されたことは、正直なところ、手前共にとって小さくはない痛手ですけれど」

親子は、揃って情けない形に眉尻を下げた。それぞれ詫びを口にする。

「それは、なんとも」

「面目ない」

「詫びて頂けた事は、有難いと思いますし、ほっとも致しましたが、本日は、違う用で伺ったのです」

再び、三右衛門が眼を細め、「ほう」と呟いた。夕が静かに切りだす。

「手前共の『大福合せ』と番付の札入れに加わって下さるよう、お願いに上がりました」

「お断りします」

「つい今しがた、番頭さんのやり様を詫びて頂きましたのに、随分つれないお答えですこと」

「それとこれとは、話は違う、ということです」

「長助さんと『宝来堂』への嫌がらせは、『大福合せ』を潰そうと、ご主人が指図をなすっていたのでしょうか」

口調だけは和やかだが、全く間を置かない言い合いに、小春はそっと息を詰めた。

ふ、と三右衛門が笑った。

「嫌がらせとは、手厳しい。指図はしておりませんが、番頭は手前の意を酌んで動いたのでしょう。そういうことに長けているからこそ、商いを任せておりましたから」

「御主人の意、ですか。手前共の番付に加わって頂けない理由《わけ》、『大福合せ』を潰そうとなさる理由を、お伺いしても」

三右衛門が静かに笑った。

「信用ならないからです。『宝来堂』さんの番付には、先だっての大福番付を作った番付屋が加わると聞きました。あの番付屋は信が置けない」

「長助の目の付けどころは、面白いと思いますけれど」

「ああ、魚河岸の大福ですか。それは関わりありませんよ。どこぞの、、、、京の出店と違ってね。旨いと思って下さるお人が、手前共とあちらさんでは違いますから。それぞれ、口に合う菓子をお客さんが選んでお買い上げ下さればいいだけのこと」

これは、建前だろうか。それとも本心。

どこぞの京の出店――「竹本屋」への張り合いぶりは、随分と分かりやすいが、魚河岸屋台に対しては、実のところ、どうなのだろう。

「和泉」は「竹本屋」のような、器の小さいことは言わない、というやせ我慢ともとれる。

小春は、三右衛門の顔から見当を付けてみようと思ったが、叶《かな》わなかった。

三右衛門は、淡々と続ける。

「長助さん、とおっしゃいましたか。手前が信用ならないと申し上げたのは、ご自分が作ったものに対するこだわりの無さです。確かに魚河岸屋台の大福が旨いと思ったのなら、誰に何を言われようが、押し通せばいい。少し文句を言われたくらいで番付を摺り直したなら、他から文句が出るたびに摺り直すのでしょう。それではもはや誰がつくった番付なのか、そもそもそれを番付と呼んでいいのかも分からない。声が大きい者が、大関になるのでしょうから」

夕が、言った。

「長助の番付は、声が大きい者が大関になる、と。ご主人のその言葉を聞いた番頭さんが、長助と私共に対して大声で叫んだということでしょうか」

「番頭は、商い第一の奉公人ですから。言った者勝ちは許せなかったのでしょう。やり様は褒められたものではないが、思いは手前と同じということです」

「『宝来堂』が手掛ける番付は、声の大きさは関わりありません。札入れを致しますし、札入れとは他に、手前共の次第も載せさせて頂くつもりですが、こちらは舌と鼻の確かな者が、加わります」

小春は、どきりとした。今更ながら、大役だ。

いかがですか、と問うた夕に、三右衛門が訊いた。

「『宝来堂』さんの次第には、長助さんも加わるのでしょう」

「はい」

「でしたら、やはりお断りするよりない。長助さんを外すとおっしゃるなら、考えてもいいですが」

夕の答えは、迷いがなかった。

「長助を、『番付』づくりから外すことは致しません」

「『和泉』が加わる、となれば、他の菓子屋も乗りますよ」

「長助が、『宝来堂』が番付に乗りだすきっかけですから、外せません」

「強情なお人だ。まだ、『大福合せ』とやらに加わる菓子屋は、一軒も出ないのでしょう」

さすがに、小春も気づいた。

きっと、三右衛門はよく分かっている。

「和泉」が「宝来堂」の「大福番付」に加わらなければ、大福を商う目ぼしい菓子屋も、「和泉」に倣う。番頭のような汚い手を使うまでもない。

そっちこそ、「和泉」の看板という「大きな声」を使って、「宝来堂」の番付を潰そうとしてるじゃない。

小春が唇を噛んだ時、夕が、ちらりと笑った。

「それが、申し上げにくいのですが、つい先ほど、一軒、『大福番付』に加わって下さるお約束を、取り付けて参りました」

「ほう、それはどちらの菓子屋ですか」

夕は、ほんの小さな間を置いて、告げた。

「両国広小路の『竹本屋』さんです」

ここまでずっと穏やかだった三右衛門の気配が、ぴり、と張り詰めた。

「『竹本屋』さんが」

呟いた声も、硬くぎこちない。

小春は、先刻の「竹本屋」と夕との遣り取りを思い出した。

＊

「竹本屋」は、「和泉」とは違い、番頭を筆頭に、手代、職人を大勢抱える大店だ。

「竹本屋」の大福は、政が外出のついでに買ってきてくれたので、既に味を確かめてあるが、店へ来るのは初めてだ。

小春はまず、静かだと思った。

それは、店に客がいないからだ。

砂糖や小豆の匂いも、店先には漂ってこない。

客がいないのは多分、客のもとへ手代達が、菓子の種類を書き付けた菓子帖を手に伺いに行き、届けているから。

上菓子屋は、そういうものだ。

「竹本屋」は、大福のような、少し気軽な菓子でも、茶席の上菓子の商いと同じようにしているのだろう。

甘い、いい匂いがしないのは、菓子をつくる作業場が、店先から遠いせいかもしれない。

どれだけ広い店なのかしらと、小春は静かで、どこかがらんとした店を見回した。

次に感じたのは、「京の匂い」だ。

本当に匂いがした訳ではないし、小春は「京の匂い」がどんなものかも知らない。

奉公人の立ち居振る舞いと物言い、店の佇まいから「江戸とは違う品の良さ」のようなものが香ってきたのだ。

少し意地の悪い言葉だけれど、もっと言えば、「自分達は江戸者とは違うのだ」という矜持《きょうじ》や自慢が透けて見える、鼻持ちならない匂い。

これは、江戸者の京に対する引け目から来ているのかもしれない。

小春は、こっそり苦笑した。

江戸では、京を始めとする上方からやってきたものは、「下り物」として珍重され、江戸のものは「下らない」――取るに足らない、つまらない、あるいは出所が分からないものと蔑まれてきた。

お酒やお菓子、織物《おりもの》、お茶。京の物は確かに素晴らしいと思うけど、だからと言って江戸の物が駄目って訳じゃないのに。

だから、小春は京に対するやっかみが入っていることを承知で、こっそり心中で呟いた。

なんだか、お高く留まってて、いやな店。

小春が感じた通り、「竹本屋」手代の夕達への対応は、けんもほろろだった。

主は顔も見せない。番頭は知らぬふり。手代を始めとする奉公人達は、言葉遣いは丁寧なのに、口許に、こちらを軽んじる嫌な薄笑いを浮かべている。

夕は、そんな「竹本屋」を宥めるどころか、逆なでした。

「京に元店《もとだな》をお持ちの『竹本屋』さんともあろうお店が、江戸の『和泉』さんの言いなりになるのですか」

慇懃無礼《いんぎんぶれい》だった年嵩《としかさ》の手代の、厭な笑みが引き攣った。

「言いなりなぞと、人聞きの悪い」

言い返してきた手代へ、夕がたたみかける。

「確かに、京からいらした『竹本屋』さんが、江戸者が一代で作り上げた『和泉』さんの言いなりになるとは、思えませんけれど。でも、この成り行きを江戸のお人が知ったら、面白がるでしょうね。『和泉』さんが『宝来堂』の『大福合せ』に加わらないよう、菓子屋仲間に働きかけている。『竹本屋』さんもそれに乗ったようだ。京の出店が江戸者の店に付き従った。これは面白い、と」

ふん、と嘲るように手代は鼻で笑ったが、最初《はじめ》の余裕《ゆとり》はすっかり失《う》せている。店の奥、帳場格子の中にいる番頭が、ちらちらと、こちらへ視線を向け始めた。

夕は、手代の焦りを見透かしたように、訊ねた。

「馬鹿なことを言うな。脅しても無駄だ。そうお思いになりますか。江戸の者は『下り物』を大層好みます。その裏返しで、京のお人、京の物に対して口惜《くや》しさも抱えている。京が江戸に追従《ついじゅう》したと知れば、読売も噂好きも、さぞ喜んで跳びつくでしょう」

手代が、声を荒らげた。

「『竹本屋』が『和泉』に追従したと、言いふらすつもりですか」

夕が、嫣然《えんぜん》と微笑《ほほえ》む。

「とんでもない。手前共は、言いふらしたりなぞいたしません」

帳場格子にいた番頭が立ち上がり、奥へ向かった。夕の言葉は続く。

「ただ、『大福合せ』が始まれば、物見高い江戸の人達は、『竹本屋』さんはどうしたと、噂にするだろうと、案じているだけです。長助がつくった番付では、『竹本屋』さんは大関だったのですから。そうして、私共は、『大福合せ』と札入れ番付に加わって下さる菓子屋さんのみで番付をつくり、訊かれたことに対しては偽りのないことを、お伝えするのみです。『和泉』さんも『竹本屋』さんも、加わって頂けなかった。『和泉』さんが、菓子屋仲間に声を掛けていたようだ。前の騒動があるから致し方ない、と」

手代が、視線で番頭を探した。

夕は、手代を促した。

「そう、『宝来堂』が案じていると。今一度ご主人にお伝えし、お取り次ぎを願えませんか」

「は、はあ」

すっかり夕に気圧《けお》された様子の手代が腰を浮かせたところで、奥から番頭が戻ってきた。相変わらず慇懃な笑みを口許に張り付け、上品に告げる。

「取り次ぐまでも、ございませんよ、『宝来堂』さん」

番頭曰く、「竹本屋」の主は、「大福合せ」と札入れ番付に加わることにしたそうだ。

主の言葉を、番頭が伝えた。

――「和泉」さんが大人げないことをなすっているそうで、「宝来堂」さんも、さぞお困りでしょう。同じ菓子屋として申し訳ない。先だっての大福番付に大関で載せて頂いた好《よしみ》もあります、お付き合いいたしましょう。番付の出来いかんでは、このたびの「大福合せ」とやら、一度きりとなるやもしれませんが。

小春としては、「竹本屋」に対して、思うことは山ほどあった。

「和泉」と「宝来堂」を見下した言い様、振る舞い。

言葉遣いは丁寧だが、要は、仕方ないから助けてやる、と言いたいのだろう。

この段になっても顔を見せない主、薄笑いの番頭や手代。

そして「番付の出来」、つまり「竹本屋」を大関に据えるよう、暗に求めてきたこと。

どれもこれも、上品な薄皮に包まれているようだから、尚更癪に障る。

だから、夕が大仰に喜び、番頭へ丁寧に礼を言ったので、小春は少し戸惑った。

けれどすぐに、無敵の微笑みのまま、夕は言い添えた。

「ああ、それから、番付の出来でしたら、ご安心くださいな。『大福合せ』では、召し上がって頂いた皆さんに札入れをお願いしますので、どんな疑いをさしはさむ隙もございません。『竹本屋』さんの大福でしたら、間違いはございませんでしょ。『竹本屋』さんらしからぬ、ご心配でございますねぇ」

ころころと、夕は楽しそうに笑っている。

初めて、番頭の慇懃な笑みが引き攣った。

さすが、叔母さん。

小春は、笑いを堪えた。政も、さり気なく笑みをかみ殺している。

夕は、「竹本屋」の大福が真実旨ければ、手心なぞ加えなくとも、大関を得られるはずなのではないかと、言ったのだ。

そうして、小春は留飲が下がる思いを味わいながら、「竹本屋」を後にした。

＊

それまで口を挟まなかった修太郎が、不服げに眉を顰めた。

「大関だって。最初《はじめ》の番付は関脇だったじゃないか。次第に難癖をつけて無理矢理大関に上がったくせに」

その通りだ。

小春は、思わず小さく頷いた。目が合った修太郎に、嬉しそうに笑いかけられ、しまった、と目を伏せる。

番付屋は、どこかひとつの店に肩入れをしちゃいけないのに。

穏やかな声のまま、三右衛門が呟く。

「そうですか。『竹本屋』さんが、『大福合せ』に」

夕が促す。

「『和泉』さんは、どうされますか」

「手前の考えは、変わりません。あの長助さんが関わる番付に、『和泉』の名は載せない」

「お父っつあん」

修太郎が、小さく父を呼んだ。

ふう、と夕が悲しげな溜息を吐いた。

「逃げた、と」

三右衛門と修太郎が、揃いの仕草、間合いで夕を見た。

夕は、告げた。

「『竹本屋』さんが乗った『大福合せ』から、『和泉』さんは逃げた。そう思われなければ、いいのですが」

三右衛門の瞳に剣呑《けんのん》な光が過《よぎ》った。

いよいよ、「和泉」が「竹本屋」に張り合っている、というのは本当らしい。穏やかな三右衛門だが、「竹本屋」に話が及ぶたび、その心裡《こころうち》が垣間見《かいまみ》える。

今日一日で、「竹本屋」と「和泉」、二軒を訪ねて小春は気づいた。「竹本屋」と「和泉」は、まるで違う。

大福の味や、京と江戸の違いではない。

「竹本屋」は幾人もの職人を使っている。それでも大福の味は変わらない。それだけ、主がよく職人を仕込んでいるということ、「竹本屋」の味がはっきり決まっているということだ。

対して「和泉」は、主人親子が菓子を手掛けているが、商いも味も、主の三右衛門の腕に拠《よ》るところが大きい。跡取りの修太郎でさえ、一も二もなく父に従い、父を立てている風である。

「竹本屋」という店の味と、「三右衛門」という職人の味。

「京の出店」が積み重ねてきた時の重みか、江戸で腕を磨いたひとりの職人の才気か。

客達は。いや、自分は、それぞれを、どの次第に据えようと思うのだろう。

小春がそんなことを考えていると、ふいに、六畳間に面した庭へ、ばたばたと粗野な足音が入ってきた。

政が、厳しい顔つきで腰を浮かせた。

ひょっとして、あの手代さん達かしら。

小春は、閉《た》てた障子を見遣った。心の臓が少しだけ忙しなく脈を打った。

政よりも早く立ち上がったのが、修太郎だ。

さっと障子を開けると、庭にいた手代達を叱った。叱ると言っても、物言いは穏やかだ。

「ここへは近づくなと、言いつけたはずだよ」

二人の手代が、口々に言い返す。

「ですが、若旦那」

「こいつらは、とっとと追い返しちまった方が、よろしゅうございやす」

修太郎が、顔色を変えた。

「客人に向かって、失礼なことを——」

声に厳しさを孕ませた息子を抑えるように、静かに三右衛門が口を開いた。

「権助《ごんすけ》、常助《つねすけ》」

手代の名を、呼んだだけだった。

それだけで、息巻いていた手代達が固まった。

主にじっと見つめられ、血の気の多い大男が、しゅるしゅると縮んだ。

手代のひとりが、萎れた声で詫びた。

「申し訳ごぜぇやせん」

もうひとりが、涙声で続く。

「お許しくだせぇ、旦那様」

ちらりと、三右衛門が小春へ目をやってから、手代二人を見つめた。

「二度目はない」

静かに告げると、手代達は半泣きになって、庭から出て行った。

「お嬢さん、大丈夫ですか」

修太郎にそっと問われ、小春は我に返った。

知らず詰めていた息を、ゆっくりと吐きだす。

もう一度、息を吸って吐きだすと、ようやく人心地ついた。

視線を感じ、隣を見遣ると、夕と政がこちらを見ていた。どちらも眼が笑っている。

店に押しかけられた時は落ち着いていたのに。

今頃怖がるなんて、可笑しな子ね。

そうからかわれている気がした。

小春は、少しむきになって、夕を真似た笑みを修太郎に向けた。

「大丈夫です」

思いのほか、落ち着いた声が出た。

修太郎が、ほっとしたように頷いた。三石衛門が丁寧に頭を下げた。

「不躾をお許しください」

夕が「いえ」と、応じる。

三石衛門は、柔らかな声で語った。

「あの者達は、菓子職人を目指しておりましてね。幼馴染同士で、ここの手代になる前は、破落戸《ごろつき》のような暮らしだったとか。『和泉』の大福を食べて驚いたそうです。世の中にこんな旨いもんがあるのか、と。手前が一代でこの店を開いたと知って、押しかけてきたんです。小さくていい、自分達も二人で菓子屋をやりたい。真っ当に働いて真っ当に暮らしたい。幾度か追い返したんですが、しつこくてねぇ。手前が根負けしました。手前と息子の言いつけは、必ず守る。店の外でも乱暴な真似はしない。『和泉』の菓子はつくらせない。それでもよければ、手代として働きながら、菓子の作り方を学ぶといい。そう伝えましたら、そりゃもう、喜んで。店でお売りする菓子を手掛けさせて貰えないのにねぇ。とんだ変わり者です」

変わり者、と言う割に、三石衛門の目は優し気だ。

きっと、手代二人は、三石衛門を恐れているのではない。心酔しているのだ。だから、叱られるのが怖い。

三右衛門から、柔らかな気配がす、と失せた。

夕をひたと見返して告げる。

「手前は、逃げている訳ではありません」

ええ、と夕が頷いた。

「承知しております。ただ、『竹本屋』さんは、周りやご贔屓筋に、どうお伝えになるでしょう。ご自分達が乗った『大福合せ』に『和泉』さんが乗らないことを」

ふ、と三右衛門が笑った。

「手前共の番頭が、『宝来堂』さんのありもしない噂を流したように、ですか」

夕が、居住まいを正した。

「長助の番付が、文句を言われるたびに変わったのは、気の弱い性分、周りに流されてしまう癖があるせいです。決して目の付けどころが悪い訳でも、番付自体がいい加減な訳でもないのは、最初《はじめ》の『大福番付』をお読み頂けたご主人なら、お分かりになるかと。『宝来堂』に身を置く限り、あの者の困った性分や癖で、ご迷惑を掛けることは、ありません」

楽しげに、三右衛門が頷いた。

「お夕さんとおっしゃったか。確かに、大層肝の据わったお前様が、目を光らせてくれれば、文句が出るたびに番付を摺り直す、なぞというふざけたことにはならぬでしょうね。まあ、幾度も摺り直しがされること自体、いい加減な番付だと、私は思いますが。それよりも、長助さんの手綱を『宝来堂』さんが握るとして。肝心な『宝来堂』さんの目利きがどれほどのものかが分からない。何しろ、今まで番付を出されたことがないのだから」

「それは――」

ほんの小さな間、夕が迷った。政が、ちらりと小春を見た。

ここは、私が声を上げるところだ。この舌と鼻を信用してくださいと、言うべきところだ。

からからに渇いた喉と口でどうにか伝えようとした時、修太郎が父の耳元で囁きかけた。

何を話しているかは聞こえなかったが、三右衛門の視線が、ひたと小春に向けられた。

「あ、あの」

震え、ひっくり返った酷く情けない声で、小春は切りだした。

私が、と続けようとして、三右衛門が軽く手を挙げた。

「お嬢さんでしたか。大福の砂糖の違いを番頭に告げたのは」

目つきが怖い。穏やかだが、こちらを値踏みするような目だ。

思わず、すみません、と詫びようとして、小春は口を噤み直した。

しっかりしなさい、小春。叔母さんと政さんの力になるのでしょう。

自らを心中で叱りつけ、小春は三右衛門の目を見返し、答えた。

「はい」

「そりゃ、すごい」と、三右衛門が言った。明るい声だ。

「あれに気づくのは、腕のいい菓子職人か料理人くらいだと思っていたが」

修太郎が、そっと、けれど小春達にも聞こえるように、切りだした。

「今日の大福を、小春さんに召し上がって貰っては、どうだろう、お父っつあん」

驚く小春を尻目に、三右衛門はあっさり頷いた。

「そうだな」

「では、すぐに支度をして参ります」

どこかいそいそと、修太郎が立ち上がった。

「あ、あの」

呼び止めた小春に、にっこりと笑いかけてから、修太郎は奥へ消えた。

程なくして、修太郎自らが、大福と茶を三人分、運んできた。

小春達の前に大福と茶を置くぎこちない手つきに、張り詰めた気がほんの少し、緩んだ。小春は笑いを堪えた。

三右衛門が、静かに促す。

「どうぞ」

視線は小春に真っ直ぐ据えられている。掌に厭な汗が滲《にじ》み出て来るようだ。

これは、もてなしではない。

つまり、小春の「力」を、測っているのだ。「宝来堂」の目利き、番付は、信に足るか否か。

夕と政は動かない。

まずは、小春が食べてみなさい、という構えだ。

小春は、軽く目を閉じ、心を落ち着けた。

目の前にあるのは、あの時と同じ、胡椒の大福だ。

砂糖を元の質に戻しているにしても、質を落としたままにしているにしても、僅かな差だ。小豆や餅の質、量、作り方も確かめなければいけない。

怯え、肩に力が入っていては、舌は鈍る。

眼を閉じたまま、そっと辺りの匂いを嗅ぎ、音を聞く。

大丈夫。いつも、楽しく食べ歩きをして、楽しく色々言い当てるのと、同じ。

ゆっくり瞼《まぶた》を開け、頭を下げた。

「頂戴します」

一言断り、まずは煎茶の湯呑を取り上げ、ひと口含む。

お茶だけを愉しむには少し熱めで、少し渋めだが、菓子の相方としてはいい塩梅《あんばい》だ。ほんのりとした香りもいい。

口の中も、心もさっぱりしたところで、大福をひと口齧《かじ》る。

修太郎が、くすりと笑った。

もっと、おちょぼ口で、おしとやかに食べればよかったかしら。

今更そんなことを考えたが、それでは大福の味は分からない。大口を開けてかぶりついた訳でもなし、気にしないことにした。

しっかりと重く、米の甘みを活《い》かした餅、濃い小豆の旨味を引きだした潰し餡。後から追いかけてくる、胡椒のぴりりとした辛《から》さ。

前に食べたのと変わらず、美味しい。

あら。

小春は、食べかけの大福を見遣った。

もうひと口。

やっぱりだ。

砂糖の雑味が、感じられない。

行儀が悪いのを承知で、少し大福を潰し、餡だけを口に入れ、確かめる。

そろりと、修太郎が訊ねた。

「どうしました」

舌が感じたことを確かめながら、小春は言葉を選んだ。

「砂糖の雑味が、無くなってます」

三右衛門が目を細めて、小春を見た。

強い眼の光に、小春は束の間怯んだ。

餅と小豆は変わらない。それは確かだが、本当に砂糖は変わっているのだろうか。

餡は、胡麻の漉し餡と胡椒の潰し餡、味も作り方も異なっている。その味の違いを勘違いしていたとしたら。

「宝来堂」の番付を、信じて貰えなくなる。

ふいに、父の嬉しそうな声が聞こえた気がした。

――小春。お前ぇの舌は大ぇしたもんだ。きっと、俺に似たんだなあ。

小春は、すぐにきゅっと唇を噛んで、自らを励ますように小さく頷いた。

大丈夫、勘違いなんかじゃない。そうよね、お父っつぁん。

そうして、「でも」と続けた。

「胡麻入りの漉し餡の砂糖とも、少し違っているような。甘みは強いのに、すっと消えていく感じがします。とても、すっきりした後味」

そして、三右衛門に視線を据えて、確かめた。

「胡麻の漉し餡とも、先日の胡椒の潰し餡とも、違う砂糖をお使いですか」

三右衛門も修太郎も、口を開かず、ただ小春を見つめている。

自分の心の臓の音が、傍らの夕にも聞こえているのではないだろうか。

ふいに、三右衛門が口許を綻ばせた。次いで、快活な笑い声を立てる。

修太郎は、戸惑いが色濃く混じる笑みを、小春に向けている。

三右衛門が、笑いながら言った。

「参った。とんでもないお嬢さんだ」

修太郎が言い添える。

「番頭さんから聞いていたとはいえ、本当に十七、八の娘さんが違いに気づけるのか。父も私も、半信半疑でした。砂糖だけを舐《な》めても、差が分からない人が殆《ほとん》どでしょう」

よかった、間違えてなかったみたい。

小春はほっとしつつ、首を傾げた。

「なぜ、また砂糖を変えたんですか」

三右衛門に、訊き返された。

「お嬢さんが最初《はじめ》に召し上がったうちの大福は、胡椒の引き合いに出した胡麻の漉し餡でしょうか」

「はい」

「それで、次に胡椒の潰し餡を召し上がり、砂糖の違いに気づいた」

「ええ」

三右衛門が、笑った。侮っている色が微かに滲んでいる。

「確かに、胡麻の漉し餡と胡椒の潰し餡じゃあ、砂糖は変わってる。それが分かっちまうお嬢さんの舌は、大したもんだ。ですがそりゃあ、潰し餡に合う砂糖に変えただけだ。質を落としたってのは、とんだ言いがかりだ。私がそう申し上げたら、お嬢さんはなんと答えますか」

試されている。

小春は察した。

敢《あ》えて侮るような笑みを見せて、狼狽えるか、落ち着いて言い返すか、小春の出方を探っている。

大丈夫。大丈夫よ、小春。

自らをそっと励ましてから、言い返した。

「質は落とさず、潰し餡に合うような味の砂糖に変えたというには、先だっては、口に残る雑味が気になりました。後味が引っかかると、もうひと口、もうひとつ、という気がそがれてしまう。そんな砂糖が、『和泉』さんの潰し餡に『合っている』とは、思えません」

おこがましい物言いをお許しください、と断って続ける。

「潰し餡は、漉し餡よりも素朴な味わいの一方で、煮上がった小豆を漉していない分、小豆の味が濃い。だから、漉し餡よりもこくのある砂糖を使ったという理屈自体は、分かります。けれど、こくと雑味は、違うのではありませんか」

小春は、厳しい、そしていささか不躾な三右衛門の視線に耐えた。

だしぬけに、三右衛門の気配が和んだ。

「つくづく、参った。感服しましたよ、小春さん」

あ、名を呼んでくれた。「お嬢さん」じゃなく。

ようやく認められた気がして、嬉しい。

あの、と修太郎が口を挟んだ。

すかさず、三右衛門が「止せ」と息子を止めた。

「けど、お父っつあん」

「砂糖の質を落としたのは、真実《ほんとう》だ。何を言ったって言い訳にしかならない」

「言い訳じゃあないだろう。ここまでうちの大福の味を分かって下さってるお客さんには、経緯をお話しする務めがある」

小春は、おずおずと言った。

「お客さん、だなんて」

修太郎がにっこりと笑いかけた。

「大事なお客さんですよ。大福ひとつだろうが、番付のためだろうが、ちゃあんと、代金《おあし》を頂戴してるんですから」

そうだな、と呟いたのは、三右衛門だ。

修太郎が小さく頷き、切りだした。

「先だっての胡椒の潰し餡では、敢えて砂糖の質を落とした訳じゃあ、ないんです。確かめなかった、手前共が迂闊でした。同じ薬種問屋から仕入れた同じ砂糖、値段も同じ。餡を煮て味見をして、父も私も、青くなった。砂糖に雑味がある」

修太郎は言った。

初めは、全て捨てて、その日は店を閉めようと思った。

だが、番頭に止められた。

──今日から新しい味の大福です。きっと、沢山のお客さんが、楽しみにしておいでだ。旦那様も若旦那も、大層苦労した胡椒の潰し餡じゃあ、ございませんか。手前も手代も、言われても差が分かりませんでした。このまま、お売りしましょう。店を閉めるとして、何と言ってお閉めになるんです。砂糖の質が落ちたのに気づかなかったから。それではせっかくここまで上がった店の評判が落ちてしまいます。得心の行く菓子ができなかったから。その言い訳は、旦那様が何より嫌っておいでではありませんか。菓子屋でござい、と看板を出して、お客さんにいらして頂く商いをしている限り、どんな時でも、店を開けて旨い菓子を売らなければいけない。『出来が悪かったら売らない』では素人だ、と。この大福は、充分美味しゅうございます。

手代二人も、捨てるのは勿体ないと、訴えた。

三右衛門は、自らの言葉を引き合いに出され、楽しみにしている客がいるのだと諭され、決心が揺らいだ。「勿体ない」という言葉も響いた。

今から餡を煮直していては、とてもではないが今日の商いには間に合わない。自分と息子の苦労は、まだいい。だが大福の餡がなければ、餅も使い様がない。餅には米を使っている。米や小豆を捨てるのは、どうにも罰当たりだ。拘《こだわ》って選んだ胡椒も、値が張る。

この砂糖も、決して悪い砂糖ではない。ずっと使ってきた砂糖より、ほんの少し質が落ちただけ。

つい、欲が出た。

そうして、「胡椒の潰し餡」の大福は売りだされた。

新しい味の大福は飛ぶように売れ、今までで一、二の評判を取った。

それでも、三右衛門の心に、そして修太郎の胸に、ほろ苦さが残った。

夕が、三右衛門に訊いた。

「仕入れの時に、味を確かめなかったんですか」

三右衛門は、荒《すさ》んだ笑みを口許に浮かべた。

「お恥ずかしい限りです。仕入れ先の薬種問屋は、ここに表店を構えて以来の、古い付き合いでしてね。油断していました」

修太郎が言い添えた。

「その薬種問屋とは、随分揉めました。あちらは、『質は落としていない』の一点張りで。本当に違いが分からないのか、しらを切っているのか」

埒《らち》が明かず、新しい仕入れ先を探したのだという。そしてようやくいい砂糖を見つけた。

夕が、再び確かめる。

「先ほどいらしたお人が、また『胡椒』か、と訊いていらっしゃいました」

「ええ」と応じたのは、三右衛門だ。修太郎が言い添える。

「番頭さんが、そちらさんに御迷惑を掛けた次の日に、『胡椒の潰し餡』に戻しました」

「なぜです。同じ餡なら、うちの小春だけでなく、砂糖が変わったことに気づくお人が出るかもしれない。美味しくなったのなら、文句が出ることはないでしょうが。何より、十日に一度、味を変えるのがこちら様の売りなのでは」

修太郎が、笑って小春を見た。

「お待ちしていたんです。砂糖の質を言い当てた、『宝来堂』のお嬢さんがいらっしゃるのを」

驚いて、小春は訊き返した。

「え、私」

ばつが悪そうに、修太郎は首を傾げた。

「さすがに、『砂糖を変えたから、食べてみてくれ』と、頼みに伺う訳にも行きませんからね。気づけるもんなら、気づいてみろ、というくだらない負けん気も、正直なところありましたし。ですから、父と話して、お嬢さんがいらして下さるまで、『胡椒の潰し餡』に戻そう、と」

わざと、質を落としたんじゃあなかったんだ。

申し訳なさに唇を噛む。

「私、調子に乗って勝手な思い込みで、失礼なことを――」

すぐさま、三右衛門が「とんでもない」と、応じた。

「そもそも、失礼だったのは手前共の番頭です。小春さんは、脅しをかけてきた男に勇ましく立ち向かっただけでございますよ」

それから、心底嬉しそうに、菓子職人の親子は顔を見合わせ、頷き合った。父が、しみじみと呟く。

「心底得心のいく『胡椒の潰し餡』大福を、小春さんに召し上がって頂き、よかった。それから、お夕さんの人となりも知れた」

修太郎が、そっと父に確かめる。

「それじゃあ、お父っつあん」

小さく頷いてから、三右衛門は言った。

「ああ。お夕さんに小春さん。真っ当な商いの心と、真っ当な舌を持っておいでのお二人がいりゃあ、すぐに日和やがるあの番付屋が加わってても、心配はいらなそうだ。きっと、そちらの兄さんも眼を光らせて下さるんでしょう」

夕が、「それでは」と、微かに弾んだ声で問い返した。

三右衛門が、続いて修太郎が居住まいを正した。

「『竹本屋』さんに喧嘩を売られたんじゃあ、買わねぇ訳にはいかない。『大福合せ』と次第番付、『和泉』も乗らせて頂きます」

五──魚河岸の屋台大福

──「宝来堂」が、番付をつくるそうだぜ。

──「宝来堂」って、読売屋かなんかかい。

──名所画なんかを扱ってる、小っちぇえ板元さ。

──へーぇ、そこが番付を、ね。

──それも、「大福合せ」とやらの会を開いて、客に食わせ、札入れで次第を決めるんだとさ。

──番付屋が名乗りを上げたことといい、面白そうじゃねぇか。

──で、その「大福合せ」とやらは、いつやるんだい。

そんな噂話《うわさばなし》が、小春達「宝来堂」にも届き始めた、午《ひる》の一刻《いっとき》ほど前。

夕は、疲れたような溜息を吐いた。

「一難去ってまた一難、ね」

長助が、腕を組んで重々しく頷いた。

「全くで、お夕さん」

神妙な面持ちで頭を下げたのは、政だ。

「面目次第もごぜぇやせん」

小春は、口を尖《とが》らせた。

「どうして、政さんが詫びるの」

政が、苦笑いを浮かべた。

「口説き落としてくると、胸を叩いたのはあっしですから」

長助が、狼狽えた。

「そ、そうですよ、政さん。お前さんが詫びるこっちゃあない」

小春は、口を尖らせたまま、更に頰を膨らませた。

夕が、穏やかに宥める。

「誰のせいでもないことよ。あ、あ、あちらの言うことも、分かるわ」

「竹本屋」が、続いて「大福合せ」に加わらないよう他の菓子屋に勧めていたはずの

「和泉」が加わると知り、菓子屋が次々と名乗りを上げた。

それでも、「宝来堂」が先へ進めない訳は、ひとつだ。

「魚河岸屋台」の大福屋、清五郎が加わってくれない。

長助が、おずおずと、申し出た。

「いっそのこと、清五郎さん抜きで進めちゃあ、いかがでしょうね」

政、夕、小春の声が、綺麗に重なった。

「長さん、そいつは」

「そういう訳にもいかないでしょう」

「だめよ、そんなの」

三方から異を唱えられ、長助が項垂れる。

「やっぱり、駄目ですよねぇ」

清五郎は、長助の「大福番付」騒動のきっかけとなった菓子屋だ。加わって貰わなければ、番付を出し直す甲斐《かい》がない。

番付の客も、得心しないだろう。

清五郎が、頑《かたく》なに「番付に加わらない」と言い張っているのには、理由《わけ》がある。

「大福合せ」に加わるよう頼みに行った政に対し、清五郎はけんもほろろだったそうだ。

長助が番付に載せるまでは、清五郎は、もっぱら魚河岸に来る男達相手に、商いをしていた。

番付に載って、魚河岸の外からも、客がやってくるようになった。

いきなり客が増え、清五郎よりも贔屓筋の男達が、まるで自分のことのように喜んだそうだ。

——よかったなあ、清さん。

——清さんの大福は、そりゃあうめぇから。

——おいら達も、鼻が高いぜ。

ところが、客が増え過ぎて、普段から買ってくれていた魚河岸の贔屓客の手に、大福が渡り切らなくなった。なかなか食べられなくなったから、と、仲間達の分も纏めて買いに来た魚屋に対し、「買い占めるな」と文句を言う客も現れる始末だ。

清五郎は、忙しく立ち働く男達のために、魚河岸に屋台を出し、甘いもので腹を満たし、力を付けて貰おうと願ったのに。

申し訳ないと詫びる清五郎を、魚河岸の男達は笑って宥めた。

——番付に載っちまったんだから、人気が出るなあ、仕方ねぇさ。

――そのうち、客足も落ち着くって。

――おいら達は、それから食わして貰えりゃあ、いいからよ。

ところが程なくして、番付が出し直され、清五郎の屋台は、番付から消されてしまった。

清五郎は清々したが、贔屓客達が憤り、気落ちするのを見て、思ったという。

番付なんざ、懲り懲りだ。冗談じゃねぇ。

長助は、自分の番付が清五郎の商いを邪魔したと聞き、しょげた。

またぞろ、番付から降りると弱音を吐きだした長助に、夕は言った。

だったら、番付で邪魔をした分を、今度こそ真っ当な次第で取り返せばいい。

そうして、夕に励まされた長助はあっという間に立ち直り、今度は、なかなか清五郎を口説き落とせずにいる政が、気落ちしてしまっている、という訳だ。

政は今まで幾度も清五郎の屋台へ足を運び、今日も夜明けと共に魚河岸へ向かってくれたのだ。

力のない笑みを浮かべている政を見て、長助が頭を下げた。

「面目ねぇ、政さん。本当なら、あっしが行って頭を下げるのが筋なのに」

「長さんは、行かねぇ方がいい。河岸は喧嘩っ早い連中が多い。清五郎さんに関わりなくたって、首を突っ込みたがる奴らもいる」

魚河岸、とりわけ清五郎の贔屓客の間では、長助は、憎《にっく》き相手か、親の仇《かたき》のように思われていて、清五郎の屋台に近づくことさえできなかったのだ。

政は魚河岸の男達に気に入られたようで、清五郎と話はさせて貰えるのだが。

ふう、と、政と長助が仲のいい間合いで、溜息を吐いた。

夕が、言った。

「私が、話してみましょうか」

ぶんぶん、と激しく首を横へ振ったのが、長助だ。

「危ねぇよ、お夕さん」

政も即座に頷き、告げる。

「明日、今度は河岸が引ける頃を狙って、頼みに行ってみやす」

小春は、立ち上がった。

三対の目が一斉にこちらへ向く。夕が訊いた。

「どうしたの」

小春は、にっこり笑って答えた。

「ちょっと、写生に行って来る。番付が止まってる分、名所画で店を回さないとね」

「そう。気を付けて」

夕は、思いのほかあっさり、応じた。

それでも小春は、写生の支度をして「宝来堂」を出るまで、どきどきとしていた。

十と五、六歩ほど遠ざかったところで、ようやく、ほう、と息を吐く。

どうやら、小春の「企《たくら》み」を、夕や政に気づかれずに済んだようだ。

ほっとしたところで、別の「どきどき」がやってきた。

清五郎の屋台を訪ねてみるつもりで、「宝来堂」を出た。

自分が説き伏せようとは、小春は全く思っていない。政ができないことを、小春ができようはずもない。ただ、「行ってみたい」と思ったのだ。

一番は、申し訳なくて気になった。長助が振り回してしまった清五郎の屋台と、常連客が今、どうなっているのか確かめたい。

次に、ずっと食べ損ねていた清五郎の屋台大福を、食べたかった。魚河岸の男達の心を摑み、長助が「美味《うま》い」と言った大福。「気風も威勢もいい、江戸の河岸で働く男が好きそうな」大福とは、どんな味がするのだろう。

だから、姑息《こそく》だと承知で、「宝来堂」の者だとは言わずに、ただの客として訪ねようと思い立った。思い立ったら居ても立っても居られなくなり店を飛びだしたが、いざひとりで魚河岸へ行くとなると、急に心細くなった。

十八歳の娘が屈強な男が出入りをする魚河岸へ行き、屋台で食べ物を買う。そんなことが、できるのだろうか。

妙に思われないだろうか。

女子供の来るところじゃないと、追い返されるかもしれない。

政よりも大柄な男達に、からかわれたら、どうしよう。

心細さは、心配に姿を変え、そして魚河岸へ近づくほどに膨らんでいった。

早く着かないと。魚河岸は朝が早い。夏は夕にも市が立つというが、今の季節は、ぐずぐずしていると人がいなくなり、屋台も引けてしまう。

そう思うほどに、心配で胸は騒ぎ、足取りは重くなった。

「宝来堂」のある下谷坂本町から南へ。寺社地、武家屋敷を抜け、和泉橋で神田川を渡り、十軒店《じっけんだな》を抜ける道筋で、魚河岸へ向かう。

いつもの通りに歩けば、小春の足でも一刻は掛からない。午《ひる》には着けるはずなのに。

「おや、お嬢さん」

和泉橋をちょうど半分渡ったところでふいに声を掛けられ、物思いに耽《ふけ》っていた小春は、仰天した。

「きゃあ」

思わず悲鳴を上げると、相手も「うわ」と驚きの声を上げた。

振り返ると、そこには「和泉」の総領息子、修太郎がいた。

「ああ、吃驚《びっくり》した」

修太郎の呟きに、小春は言い返した。

「それは、こっちの台詞です」

あはは、と修太郎が笑った。なんだか楽しそうだ。

「すみません。まさか、声を掛けただけで悲鳴を上げられるとは思わなかったもので」

小春は、ばつが悪くなって、頭を下げた。

「ごめんなさい。ちょっと、考え事をしていたものですから」

修太郎が、ひょい、と小春の顔を覗き込んだ。

とくん、と、先刻までの「どきどき」とは違う「肌触り」で心の臓が騒いだ。

なんだろ。

小春は、おずおずと、間近にある修太郎の顔を見返した。修太郎が訊いた。

「ひょっとして、清五郎さんの屋台に行くおつもりなのでは」

え、と小春は再び驚きの声を上げた。

「どうして、分かったんですか」

「顔に書いてあります」

自分の両の頬と、額をぺたぺた触った小春を見て、修太郎が笑った。

「面白いなあ、『宝来堂』のお嬢さんは」

「あの、若旦那」

小春は、切りだした。

お嬢さんは、どうにも居心地が悪いし、自分に対する正しい呼び方ではない。

「何でしょう」

「お嬢さんは、止めて頂けませんか。私は『宝来堂のお嬢さん』ではないので」

修太郎は、少し首を傾げたが、あっさりと「それじゃあ、小春さん」と呼び直してくれた。

「では、私のことも若旦那ではなく、名で呼んでください」

「ええと、修太郎さん」

はい、と応じた修太郎は、やはりなんだか嬉しそうだ。鼻歌でも零れてきそうな物言いで、告げる。

「魚河岸へ行くなら、ご一緒します」

え、と訊き返した小春へ、修太郎が悪戯な笑みを向けた。

「だって、この先は魚河岸へ続いてるじゃあ、ありませんか。私も小春さんと同じです。気になるのでしょう、清五郎さんの大福」

どうしよう。

小春は迷った。

修太郎が一緒に行ってくれれば、大層心強い。少なくとも「娘がひとりで屋台の買い食い」に眉を顰められることは、ないだろう。

とはいえ、番付に名乗りを上げた店の者と親しくすることは、やはり躊躇《ためら》われる。

夕なら言うはずだ。

――「李下《りか》に冠を正さず」、よ。大切な売り物に次第をつけようという者は、身を引き締め、振る舞いに気を付けなければいけない。自分にそのつもりがなくても、周りから怪しまれたら、そこで終わるの。

そうよね、叔母さん。

思い至ると、なぜか周りの視線が、妙に気になった。

橋の袂で立っている町人の若い男が、こちらを見ていたような気がする。そう思っていると、若い男は橋を渡りだした。小春と修太郎をしげしげと見比べながら、傍らを行き過ぎていく。

その視線がやけにあからさまで、小春はぎくりとした。

「李下に冠を正さず」、だわ。こんなところを見られては、いけない。

小春は小さく頷いてから、修太郎に詫びた。

「せっかく誘ってくれたのに、すみません。私ひとりで、行きます」

修太郎が、顔を曇らせた。

「魚河岸の屋台に、小春さんひとりで、大丈夫ですか」

小春は、頰が引き攣らないよう気を付けながら、笑って見せた。

「大丈夫。普段から、写生で独り歩きすることも多いので」

言って、閃いた。「写生」を言い訳に出てきたので、紙と矢立は持ってきている。

魚河岸の風景を写生しにきたということにすれば、少しは周りの視線も気にならないかもしれない。

修太郎が、少しがっかりした顔で、笑った。

「そうですか。では、お気をつけて」

ありがとうございます、と頭を下げて、小春は魚河岸へ向かった。

写生というのは、我ながらいい思い付きだ。

女子の、それも小春の年頃の画師は珍しいから、それでも妙な目で見られるだろうが、画のことだと思えば、胸を張れるし、話しかけられても言い訳が立つ。

よし、と、小春は改めて魚河岸へ歩を進めた。

むせ返る、磯《いそ》の香。

男達の陽気な怒鳴り合う声で、耳の奥がうわん、うわんと、うねる。

威勢のいい喧騒《けんそう》の隙間から、日本橋川を行きかう舟の木遣《きや》り唄が、遠くに聞こえている。

男達は皆、様々な魚や貝をたっぷり樽《たる》や駕籠《かご》に積んで、あちこちの問屋や仲買の小屋を行き来している。小屋の中では、ものすごい速さで魚をおろしていて、鮮やかな包丁遣いに心が弾んだ。

心配していたけれど、誰も小春を気にしない。魚を売り買いするので夢中なのだ。

大きな樽から大きな魚をはみださせ、忙しく男達が行きかう。天秤棒《てんびんぼう》の前と後ろに樽を付けている者、肩に担いでいる者、小洒落《こじゃれ》た小袖に前掛けで、駕籠を手にしているのは、料理屋からの買い出しだろうか。

小春とすれ違いざま、男の持っていた大きな樽からはみだしている大きな魚が、びちりと跳ねた時は、思わず「ひゃ」と声を上げてしまった。

それでも、小春を振り返る者はいない。

楽しい。

本当なら写生をしたいところだが、少しでも立ち止まり、よそ見をしたら、人とぶつかってしまいそうだ。

小春は、男達の邪魔にならないよう、気を付けながら、河岸の風景を目に焼き付けた。

午でこの人出なら、一番賑わう朝はどれほどの人が集まるのだろう。

河岸の西へ辿《たど》り着《つ》くと、清五郎の菓子屋台の場所は、すぐに分かった。

問屋や仲買の小屋が途切れた突き当たり、小さなお稲荷《いなり》様の祠《ほこら》の傍らに、十人ほどの人だかりができている。日本橋はすぐそこだ。

その場に留まって、のんびりしているのは十人ほど。その他に、やってきては、何やら買ってすぐに帰って行く男達もいる。

皆、陽気に声を掛け合っていて、楽しそうだ。

男達の間から、白木の板屋根を頂いた屋台がちらりと覗ける。腰板も白木、屋根の下に藍の暖簾らしきものも、見えた。

近づくにつれ、甘く香ばしい匂いが漂ってきた。

大福を炙《あぶ》っているのかしら。それとも、他の菓子も扱ってるのかな。

「大福合せ」のことに夢中だったけど、どんな屋台なのか、政さんや長さんに聞いておくのだったな。

浮き立つ心で近づこうとした足が、止まった。

集まっていた男達のひとりが、小春を見たのだ。真正面から目が合った。

男は驚いた風に目を丸くし、隣の男の肩を叩いた。

おい。

あれ。

なんだなんだ。

河岸に、娘っ子がいるぜ。

そんな風に、あっという間に小春は男達の注目を浴びることになった。

そりゃ、そうよね。ここに集まってる人達は、ひと休みしてるんだもの。市で忙しくしてた人達のようにはいかない。頭の片隅に、落ち着いた考えが過る一方で、心の臓がきゅうっと縮こまる心地がした。

ひとりの男が、薄笑いで小春に訊いた。

「嬢ちゃん、迷子かい」

別のひとりが、ふざける。

「それとも、娘だてらの魚屋だ」

「そりゃあ、いい」

「ここじゃあ魚は売っちゃあいねぇよ」

げらげらと、荒々しい笑い声が一斉に上がった。その勢いに、小春は思わず後ずさった。

男が、小春の頭の先から足元までをしげしげと見回しながら、告げた。

「このどんつきにあるなあ、お稲荷さんと菓子の屋台だけだぜ」

「河岸に来る奴らは、力仕事だしよく動くから、腹が減る。こうして、甘いもんで力を貰ってまた、稼ぎに出かけるってぇ訳だ」

「お前ぇ、さっきから出かける様子を見せねぇじゃねぇか」

「うるせぇ。お前らだって、同じだろうが」

「魚が腐るぜ」

また、笑い声が上がった。小春は、もう一歩、下がりかけた足を叱咤《しった》し、その場に踏みとどまった。

「あの――」

やっと出た声が、みっともなくひっくり返る。

束の間、しん、としてから、男達が忍び笑いを漏らした。

馬鹿にされてる。

気づいたが、腹が立つよりも怯えが勝った。

憐れむような目で小春を見ていた男が、促した。

「いい年頃、いい育ちの娘さんが、まさか屋台で買い食いするつもりじゃああるまい。悪いことは言わねぇ。とっとと帰んな」

子供を宥める口調に、むっとした。ようやく言い返すだけの力が、戻った。

「いい育ちなんかじゃ、ないわ」

おや、という風に男達が小春を見た。

ふん、と誰かが鼻を鳴らした。

「裏長屋暮らしじゃあねぇだろう」
それは、そうだけど——。
言葉に窮したところへ、屋台の方から穏やかな声が助け舟を出してくれた。
「兄さん方。寄ってたかって若い娘さんをからかっちゃあ、いけやせんぜ」
さっと、男達の塊が左右に割れ、屋台が見えた。
一気に、甘く香ばしい匂いが、小春の鼻を擽《くすぐ》った。
穏やかに笑う若い男が、屋台の銅板で焼いているのは、金鍔《きんつば》だ。
そういえば、昼飯《おひる》、まだ食べてない。
思い出した途端、腹の虫が、きゅるる、くう、と派手な音を立てた。
束の間、しん、と辺りが静まり返った。
かあっと、頬が熱くなった。
男達の笑い声が、辺りを揺らした。

「そうかい。娘さんは画描きさんかい」
積み重ねた浅い樽に腰かけ、焼き立ての金鍔を食べる小春を、河岸の男達は楽しげに囲んでいる。

金鍔は、驚くほど美味しかった。

柔らかな潰し餡は、小豆の味が濃く、歯触りは柔らかめ。砂糖は黒砂糖を使っているので、こってりとした甘さが口中に広がる。

小麦粉でできた皮は、餡の小豆色がはっきりと透けるほど薄く、ほんのりとした香ばしさと小麦の味を感じるのみで、まるで皮がないようだ。

小春は、丸い餡を皮で包む主――清五郎の、不思議で鮮やかな手さばきに見惚《みほ》れた。

餡の大きな玉と、小麦の皮の小さな玉。それを重ね、箆《へら》を使いながら手の中でくるくると回していくうちに、皮が伸ばされ、羽衣のような薄さになって餡を包んでいく。

すごい。間近で見ていても、どうやってるのか、分からない。

小麦の皮を被った丸い餡を、鋏の様にして使う金型で浅い筒の形に整え、焼くのだ。

「嬢ちゃん、そんなにじっと見ちゃあ、金鍔の皮に穴が開いちまうぜ」

「違《ちげ》ぇねぇ」

「そうか、分かった。まだ足りねぇんだな」

「さっきは、派手に腹の虫が騒いでたからなあ」

そんな軽口を言っては、周りの男達が笑う。

陽気な客の遣り取りに、微笑みながら耳を傾けている主の清五郎。歳は、「和泉」の総領息子、修太郎と同じくらいだろうか。

「なあ、嬢ちゃん。清さんの金鍔、どうだった」

ふいに、背の高い男に話しかけられ、小春は戸惑ったが、思ったままを答えた。

「とても、美味しく頂きました。こんな薄い皮の金鍔を食べたのは初めて」

清五郎が、金鍔の焼き具合を確かめながら、酷《ひど》く楽し気に応じてくれた。

「あっしの餡を思う存分食いてぇってぇ、酔狂なお客さんがいらしてねぇ。まさか餡《あん》子《こ》丸めてどうぞ、ってぇ訳にも行かねぇから、金鍔にしてやす」

「それで、皮を殆ど感じないようにしていらっしゃるんですね。それでも、小麦の味と香ばしさは皮がないと出ませんから、金鍔ならではの味わいです」

清五郎が、少し驚いたように、手を止めて小春を見た。

まだまだ、作り手に伝えたいことは、沢山ある。小春は自分がどれだけ美味しいと思ったか、清五郎に知って欲しくて、言葉を重ねた。

「餡の柔らかさも、薄い皮とよく合っています。餡には、黒砂糖を使っているんですね。黒砂糖といっても、並の白砂糖よりも質のいいものだわ。これは、河岸の皆さんのために黒砂糖を使っているのかしら。白い砂糖よりも力がつくそうだから。それはそうと、あの、清五郎さん。せっかくの金鍔、焦げちゃいますよ」

清五郎は、我に返った顔で、金鍔をひっくり返した。

じゅ、と、小麦粉の皮が焼ける、小さく軽やかな音が響いた。

そろりと、小太りの男が清五郎に確かめた。

「清さん、砂糖って黒砂糖なのかい」

「へぇ」

肩幅の広い男が、茶々を入れる。

「お前ぇ、黒砂糖の味も分かんなかったのかよ」

その間に、小柄な客が清五郎に訊く。

「並の白砂糖よりも、いい黒砂糖を使ってんのかい」

「へぇ。薩摩《さつま》の上物でさ」

「おいら達のために、かい」

清五郎は、焼き立ての金鍔を、焼き上がりを待っていた客に渡し「ありがとう存じやす」と頭を下げてから、答えた。

「皆さん、力仕事ですからねぇ」

客達が清五郎を、次いで、小春をまじまじと見た。

「この嬢ちゃん、魂消たなあ」

「おう。ここまで、清さんの金鍔の良さを分かって、貰えるなんて」

「おいらが考えてたことと、まるでおんなじだ」

「お前ぇは、いつだって、旨《うめ》ぇ、しか言わねぇじゃねぇか」

がはは、と笑い合う男達につられて、ぼんやりと笑いながら、小春は考えた。

「分かって貰える」と、当たり前のように言った。やっぱり、政さん、長さんの言う通りだ。ここのお客さん達は、清五郎さんの屋台を、自分のことのように気にかけているのね。

つきん、と、胸の片隅が申し訳なさに痛んだ。

このまま、自分の素性を隠していて、いいものだろうか。

「宝来堂」で摺った番付で振り回してしまった清五郎と贔屓客達を、放っておいていいものだろうか。

小春の胸の裡を見透かしたように、清五郎が訊いた。

「お嬢さん。お前さん、一体、何者《なにもん》だい」

ここで素性を明かしたら、また取り囲まれ、責められるかもしれない。

帰れと、怒鳴りつけられるかもしれない。

清五郎を更に頑なにし、「大福合せ」と「札入れ番付」を台無しにしてしまうかもしれない。

それでも、小春は告げずにはいられなかった。

こんなに気のいい人達を、騙すような真似はできない。

一度、きゅっと唇を噛み、拳を握る。

それから立ち上がり、清五郎をじっと見て、打ち明けた。

「隠していて、御免なさい。私、小春と言います。『宝来堂』の者です」

「宝来堂」

清五郎が、低く繰り返した。

贔屓客達が、顔を見合わせている。小春は言い添えた。

「うちの、政さんという彫師が、幾度もお願いに上がっています」

誰かが、声を上げた。

「あの、男前の兄さんか」

「じゃあ、嬢ちゃんは『大福番付』を出し直そうってぇ、板元の」

「はい。画師です」

「番付にも、関わるのかい」

「小さな板元ですから。頼りないと思われるかもしれませんが」

一斉に、男達が小春を取り囲んだ。

恐ろしさで、身が竦んだ。

膝が笑って、再び樽の上に腰を下ろした。

「嬢ちゃんっ」

いきなり大声で呼ばれ、上がりかけた悲鳴をどうにか呑み込んだ。

「は、はいっ」

返事は、酷く上擦っていたけれど。

「札入れ、やるんだよな」

こく、こく、と二度頷く。

「おいら達も、札入れできるのかい」

「だ、『大福合せ』の席で、味見をして頂ければ、できます」

「おお、確かに、あの兄さんに聞いた。札入れの次第と、板元で決めた次第、両方の番付を出すって」

「はい」

「板元が決める次第にゃあ、嬢ちゃんも加わるのか」

小娘がふざけるな、ということだろうか。

小春は、急いで言った。

「私が信用ならないのなら、次第には関わりません。番付の挿画だけに専心します。ですから──」

「大福合せ」に加わって貰えないか。

そう続けようとした小春の言葉は、男の大声に遮られた。

「清さんっ。大福ひとつくれ」

別の男が、巾着から銭を取りだした。

「へぇ」と、戸惑いながら応じた清五郎から、違う男が竹皮に乗せた大福をひったくるように受け取った。

その大福が、ずい、と小春の前に差しだされた。

「食ってみてくれ」

「あの」

「嬢ちゃんの舌は、大《て》ぇしたもんだ。さっきの金鍔みてぇに、どんな味なのか、聞かせてくれ」

小春は、清五郎に訊いた。

「いいんですか」

清五郎は、困ったように笑っている。

「いいも何も。お客さんにお求め頂いた大福を、今更あっしがどうこう言えやしやせんよ」

いい人だな。

小春は思った。

「宝来堂」の人間に食わせる大福はない、と叱られても仕方ないのに。

しみじみと清五郎を見ていると、鼻先に大福を突き付けられた。

小春を取り囲む男達の輪が、一回り縮まる。

大福代を払わなければ、と巾着を出そうとすると、

「銭なんざいいから、早く食ってみてくれよ」

と、急かされた。

小春は、斜め上から覗き込んでいる男達の顔を見回してから、「頂きます」と応じ

た。

うっすらと、米粉が振ってあるのね。

餅が、手にこびりつかない工夫だろう。

持ち上げると、ずっしりとした重みがあった。

もっとじっくりと眺めてから食べたかったが、男達に叱られそうなので、早速ひと口齧ってみる。

「あ、もち粉だ」

小春は呟いた。

小春の言葉を確かめるように、男達がさっと清五郎を見る。

清五郎は、先ほどと同じ困り顔の微苦笑で、小さく頷いた。

大福の餅は、うるち米を挽《ひ》いた上新粉を使うところも多い。上新粉でつくると、歯ごたえがしっかりとする。柏餅《かしわもち》もうるち米だ。

対してもち米から作るもち粉だと、滑らかで柔らか、伸びのいい餅ができる。

「竹本屋」の大福ももち米で作っていて、なよやかで優しく、肌理《きめ》の細かさの際立つ、いかにも雅《みやび》やかな京の菓子屋らしい大福だった。

対して、清五郎の大福は、同じもち粉でも随分と味わいが違う。

歯ごたえは、上新粉ほどしっかりしていない。もち粉ならではの柔らかさだ。だが、歯切れがいい。

齧ると、さくっという感じで、気持ちよく嚙《か》み切《き》れる。「伸び」とは無縁だ。それでいて、餅のようなざらつきやむらがない。歯切れに気を取られてしまうが、整った肌理は、「竹本屋」の大福と張る。

小春は不思議に思った。

「どうして、もち粉なのにこんなに歯切れがいいのかしら」

清五郎が、すぐに答えてくれた。

「ひとつひとつの粒にしっかり力があるもち米を、手前ぇで引いてるんですよ、お嬢さん。あちこち、米屋を回ってねぇ。やっと見つけた。ただ、粒がしっかりしてる分、米屋が挽くのを面倒がってね。それでも無理に挽いて貰ったけど、肌理が粗くて使えねぇ。仕方ねぇから、手前ぇでせっせと挽いてまさ」

急にお喋《しゃべ》りになった清五郎に、小春は笑いかけた。

「そのもち米に惚《ほ》れこんでるんですね」

清五郎は、小春の言葉に目を丸くし、それから笑った。

「もち米に、ですかい。お嬢さんは面白いことをおっしゃる。けど、確かにそうですねぇ。このもち米見つけた時ゃあ、大層嬉しかった。心が弾みやした」

小春の近くにいた太った男が、嬉しそうに囁いた。

「清さん、楽しそうだなあ」

ひょろりとした男が小声で応じる。

「そりゃ、そうだろう。おいら達じゃあ、細かなこだわりまで分からねぇからなあ」

この遣り取りが耳に届いたのだろう。清五郎がすかさず割って入った。

「兄さん方は、細けぇことなんざ、分からなくっていいんですよ。『旨ぇ、旨ぇ』だけで、充分でさ。他でもねぇ、この河岸においでの兄さん方にそう言って頂けるように、兄さん方のお好みに合うようにって、工夫してるんですから。ただ、このお嬢さんとは、なんだか御同業と話してるみてぇでねぇ。つい、浮かれちまった」

小春は、大福をもうひと口、丁寧に味わってから、頷いた。

長助が「気風も威勢もいい、江戸の河岸で働く男が好きそう」だと言った通りだ。

「河岸の方のお好みに合う工夫。よく、分かります。きつい仕事だから力を付けて貰おうというだけじゃない。歯切れがよく、肌理が整っている餅は、とても気持ちがいい。はっきりとした甘さ、ずっしり食べ応えのある餡は、曖昧さとは無縁です。鯔背《いなせ》でさっぱり、どっちつかずを嫌う、気風のいい江戸の魚河岸に集まる皆さんそのものの大福」

「嬢ちゃん」

目尻に黒子《ほくろ》がある客が、しんみりと呟けば、肩幅の広い男が、鼻を啜《すす》りながら、

「畜生、清さん、泣かせてくれるぜ」

と大声を上げる。

泣くことじゃねぇ。

うるせぇ、こいつは鼻水だ。

うわ、きたねぇ。

なぞと、楽しげな言い合いを眺めながら、小春は大福を味わった。

ああ、美味しかった。

金鍔にいかにも腹持ちのする大福、ぺろりと平らげても、まだ食べられそうな気がする。

思わず綻んだ顔に視線を感じ、屋台へ目をやると、清五郎が嬉しそうな顔で小春を眺めていた。

「お口に合いやしたかい、お嬢さん」

小春は、「ええ」と応じた。

「長助さんが、最初《はじめ》の番付で大関にした気持ちが、分かります」

「なあ、清さん」

小柄な男が、清五郎に語りかけた。

「『大福合せ』、やってみねぇか」

清五郎の面《おもて》が曇った。肩幅の広い男が続く。

「おいら達も、札入れで後押しするからよ」

清五郎が、苦々しい声で言った。

「そういうこっちゃ、ねぇんで」

小春は立ち上がり、頭を下げた。

「先だっての番付騒ぎに、屋台のお客さんを巻き込んでしまったことを、悔いておいでなんですよね。初めは、普段から贔屓にしている皆さんが大福を買えなくなり、次は、番付の出し直しで、すっかり客足が引いてしまった。本当に申し訳ないと思っています。すみませんでした」

清五郎が、ほんのりと笑った。

「ありゃあ、長助さんが作った番付でしょう。板元のお嬢さんにゃあ、関わりがねえ。詫びることなんざ、ありやせんよ」

「でも、あれを摺ったのは、うちです。長助さんも加わって、新しい番付を出すのもうちです」

なあ、としんみりした顔で、目尻に黒子のある男が語りかけた。

「清さんが、おいら達に済まねぇと思ってくれるのは嬉しいけどよ。だったら、尚更やって貰えねぇか」

口々に、客達が賛同する。

「おう」

「このまんまじゃあ、悔しいじゃねぇか」

「大丈夫だよ、清さん」

「あの男前の兄さんと、ひとりで河岸に買い食いにくる、大した肝と舌ぁ持った嬢ちゃんがつくる番付なら、心配ねぇ」

「澄ました表店の大福を、見返してやろうぜ」

清五郎の瞳が揺れた。

「見返せるかどうかだって、分かりやせんよ」

「そりゃ皆、先刻承知よ」

「真っ向勝負の、恨みっこなしだ」

「負けたら、やけ酒飲もうぜ」

「その後は、すっかりいつもの通りだ」

「な。清さん」

「やろうぜ」

客達が、清五郎をじっと見た。

小春は、再び頭を下げた。

「どうか、お願いします。私達に、もう一度番付をやり直す機会をください。どういう次第が出るかは、分かりません。でも、札入れと、自分で感じたことを曲げることは、決してしないと、お約束します。だから、どうか」

少し長い間を空けて、清五郎が、ぽつりと呟いた。

「どういう次第が出るかは、分からねぇ、か」

そろりと顔を上げると、清五郎がにかっと笑いかけてくれた。

「男前の兄さんと同じことを言いなさる」

政さんが。

はっとした小春に、清五郎が悪戯な顔で続けた。

「真っ正直過ぎるのも、どうかと思いやすよ。どうでもあっしを引き込みてぇんなら、普通は次第に色を付けるとかなんとか、言いそうなとこだ」

「それは――」

言葉を探しながら口を開いた小春に、清五郎が「けど」と、言葉を被せた。

「だからこそ、信が置ける」

小太りの男が、そろりと訊いた。

「それじゃあ、清さん」

晴れやかな顔で、清五郎は告げた。

「『宝来堂』さんの真っ正直さと、しつこく後押ししてくださる兄さん方に根負けしやした。お嬢さんの言葉と舌を、信じやしょう」

わあっと、男達が沸き立った。

札入れだ、番付だ、祝い酒だ、と浮かれる男達の中で、黒子の男がぼやいた。

「けど、清さん。しつこくはひでぇ」

威勢のいい笑いが、魚河岸に響き渡った。

「宝来堂」に戻り、清五郎が「大福合せ」に加わってくれることになったと告げると、小春は、政と夕から酷く叱られた。

嘘を吐いて出かけたこと。

なんの相談もなしに、ひとりで動いたこと。

そして何より、小春だけで魚河岸へ足を踏み入れたことを二人とも、怒った。

そりゃ、最初《はな》から大喜びされるとは、思ってなかったけど。

小春は哀しくなって、心中で、そうぼやいた。

「宝来堂」へ来てから初めて、掛け値なしで役に立てた気がしていた。

政が手古摺っていた清五郎を得心させたのだから、少しくらいの無茶も大目に見よう。正直なところ、助かった。

これくらいのことは、言って貰えるかと考えていたのに。

――仕方ないわね。

夕は、小言を言っても、仕舞いにはいつも折れてくれていた。

――全く、お嬢は無鉄砲だ。

普段の政なら、そう言って、笑ってくれたはずだった。

――まあ、まあ。いいじゃあありやせんか。

長助も、二人を宥めてくれそうなものだ。

けれど、夕と政は厳しい佇まいを崩さず、長助も気遣わしげに三人を見比べているものの、取り成してくれる気配はない。

なんだか、寂しかった。

ようやく、「大福合せ」の目途が立った。番付を作り始めることができる。

そのことよりも、小春が勝手をしたことの方に、三人は気がいっている。

とどのつまり、浮かれていたのは自分ひとりだったのだ。

そう思って、項垂れた刹那、夕に抱き締められた。

「心の臓が、縮んだわ」

「え――」

「あなたが戻ってきて、ひとりで魚河岸へ行ったのだと聞かされて。河岸の男達は気性が荒いのよ。ましてや、清五郎さんや贔屓のお客さん達は、『宝来堂』をよく思ってない。ひとつ間違えば、酷い目に遭っていたかもしれないと思ったら、恐ろしくて震えた」

微かに湿った夕の声を聞いて、小春は思い出した。

二親と弟を喪い、「宝来堂《このいえ》」へやって来た日に、夕の夫、半吉に言われたこと。

いいかい、小春。
私達は、お前を憐れんでなぞいない。
可哀想な身の上だとも、思っていない。
だって、お前はもう、私達の身内、娘も同じなんだから。
だから、私もお夕も、憐れむよりお前を案じるだろう。
私達の娘が、可哀想なはずがないからね。
いいかい、小春。
今は哀しくても、私の言葉を、ちゃあんと、覚えておいておくれ。
私達はいつだって、お前を案じているし、慈しんでいるし、信じている。
私達は、お前の身内だから。

小春は、考えた。
どうして、今まで忘れていたんだろう。
叔父さん、覚えておいてくれって、言ってたのに。
私、覚えてるって約束したのに。
私は、叔父さんと叔母さんの身内で、いつだって案じて貰って、慈しんで貰って、信じて貰ってたのに。

どうして、負い目なんか、感じてたんだろう。

どうして、役に立ちたいと、やっきになってたんだろう。

どうして、誰にも打ち明けずに、ひとりで河岸なんか行ったんだろう。

小春は、夕の背中に手を回し、ちょっと笑った。

「叔母さん、心配し過ぎ。だって、清五郎さんも魚河岸の人達も、みんないい人だったのよ」

夕が、小春の身体を引きはがした。

真剣な顔で、小春を見る。

「あのね、小春――」

「ごめん」

夕が言いかけた言葉に被せるようにして、小春は詫びた。

「心配かけて、ごめんなさい。叔母さん、政さん、長さん」

再び、ふんわりと夕が抱き締めてくれた。

「仕方ないわね」

夕が、小春の耳元で囁いた。

「全く、お嬢は無鉄砲だ」

政が苦笑交じりにぼやいた。

長助が、陽気な声を上げた。

「まあ、まあ。いいじゃあありやせんか。無事だったんだし、清五郎さんを口説き落としたのは、なんてったってお手柄だ」

みんな、最初《はじめ》に小春が考えていた通りのことを言ってくれた。

長助は、小春が考えていたよりも饒舌《じょうぜつ》だったけれど。

名残の梅の香がどこからか漂ってきて、小春をふわりと包んだ。

六——札入れ

それから、大急ぎで「大福合せ」の支度にとりかかった。

「大福合せ」に名乗りを上げてくれた店は、清五郎の屋台を入れて、十と八軒。

六軒ずつ店を振り分け、三日にわたって会を開く。

「宝来堂」では手狭なので、近くの「梅屋敷」の庭を借りた。まだ咲き残っている梅もあるし、客は喜ぶだろう。

屋敷の主も、人が集まると、浮かれていた。

「大福合せ」の手順は、長助が抜かりなく考えてくれた。

札入れをしたい客に、まず入口で、竹の皮を買って貰う。

ひと口三枚で、一日二口まで。ひと口なら食べてみたい店を三軒選ぶことができる。二口なら全てだ。竹の皮にはそれぞれの店の焼き印を押しておき、店で普段売る大福と同じ値で売り、売り上げは全て店へ。客は、焼き印の店の場所まで行き、竹の皮を見せて大福を受け取る。

つまり、札入れをするには、六軒のうち、少なくとも三軒の大福の味を見てくれ、ということだ。

一時に三つも食いきれないという女達は、仲間内で纏めてひと口買ってもいいが、札入れできるのは、一人分だ。

大福を三つ味見し終わったら、旨かったと思う店の竹の皮を、札入れ箱に入れて貰う。

ここぞと思う大福があったなら、その店の竹の皮を、三つとも旨かったのなら、三枚入れてもいい。

どれも美味くなかったのなら、札入れせずに帰っても構わない。

竹の皮を売るのは長助、店を纏め、揉め事が起きないよう差配するのは、夕の役目。

客がずるをしないよう、札入れ箱の側には政が詰める。

小春は、写生に専心し、大福の味に口出しはしないこと。

小春の言葉に客が引きずられるかもしれないし、店への贔屓があると勘繰られるかもしれない。

これを、店を替えて三日繰り返す。刻限は午《ひる》から暮れ六つまで。

この手順を、「大福合せ」に加わる店に得心させたのは、俳諧宗匠の夜雪だ。

どの店と同じ日になるかで、少し揉めるかもしれないので、ここはあちこちに顔が利き、押し出しも強い夜雪に頼んだ方がいいと、長助が言ったのだ。

札入れの客達には、竹の皮を売る前に、札入れの手順を告げて得心して貰う。長助が番付売りで培った口上が役に立つだろうと、夕も政も、二つ返事で長助に任せることにした。

小春は、こっそり考えた。

ここまで細かく、手配りできるなら、自分の番付も、最初《はな》から細やかな気を遣えばよかったのに。

数々のしくじりをしたからこそ、隅々まで考えが行き届くのかもしれないけれど。

夜雪も入れた五人で話し合い、この「大福合せ」の目玉の三軒は、初日に「和泉」、二日目「竹本屋」、三日目に「屋台清五郎」と、別の日に振り分けることにした。

中日に充てられた「竹本屋」は、不服げだったが、夕に「日にちが変わるくらいで、『竹本屋』さんの大福の味は揺らぎませんでしょ」とにっこり微笑まれ、頷くよりなかったようだ。

そうして、よく晴れた風のない日、「宝来堂」を勧進元とした「大福合せ」が始まった。

刻限の午を前に、菓子屋が梅屋敷に集まっていた。

遅咲きの梅がまだ綺麗だからと、屋敷の主たっての望みで、六軒の菓子屋は、それぞれ離れたところに、この日のみの出店を構えた。

店と店の間を歩きながら、梅も愛でられるように、と。

店の設えは、それぞれの店に任せた。

一日目は、どこの店も簡素な台を置き、店ごとの井籠に大福を詰めて持ち込んでいた。

「和泉」も他の店と同じだったが、加えて自らの店を模したのか、大人の背丈ほどの棚を持ち込み、ずらりと黒漆の井籠を並べていた。

「大福合せ」を捌くのは、跡取り息子の修太郎ひとり。やって来た時は手代二人がつき従っていたが、棚を据え付け終わるとすぐに、帰って行った。

ひとりであわただしく支度をしている修太郎が、何やら気の毒だったが、顔見知りだと知られない方がいい。小春は、なるべく修太郎と「和泉」へ視線を向けないようにした。

「和泉」は、胡椒を潰し餡に混ぜ込んだ大福を「胡椒大福」として、この札入れに持ち込んだようだ。

そうして、梅屋敷主自慢の梅の古木の下には、主心づくしの緋毛氈を敷いた縁台が六台、置かれた。

長助は、違う理由から「店同士、離れている方がいい」と頷いた。

近ければ、隣の店の大福や盛況具合が気になるだろうし、商売敵の邪魔をしたり、諍《いさか》いが起きたりするかもしれない。

小春は、なるほど、と頷いた。

けれど店同士が離れる分、店を纏める夕が大変だ。小春は案じたが、夕は軽やかに、支度を始めた店を見て回り、細やかな口添えをしていた。

小春達「宝来堂」の人間が考えていたよりも多くの人が詰めかけたため、梅屋敷の木戸を開ける時は、政が札入れ箱から木戸前へ助っ人《すけと》にやってきた。手伝いにと勇んでやってきた夜雪も、加勢に入った。

我先にと詰めかけようとした客へ、政がよく通る声で呼びかけ、夜雪が睨みを利かせ、長助が宥める、という流れで、さした諍いも騒ぎも起きず、客達は梅屋敷へ足を踏み入れ、思い思いの店の札を買い、目当ての大福へ急いだ。

これなら、とりあえず大丈夫そうね。

小春は、少し離れたところから、手際よく捌かれる客達と、楽しげな賑わいを描き取りながら、考えた。

そして、「宝来堂」の皆が気を抜いた時を狙っていたように、騒ぎは起きた。

「おい、皆。聞いてくれ。この札入れは、いかさまだ」

その声が上がっても、初め、誰も見向きもしなかった。客達は、大福の「食べ比べ」と札入れに夢中だ。

ぎくりとして、声の主を小春は見た。町人の若い男だ。どこかで、見たことがあるような。

再び、男が叫んだ。

「騙されちゃいけない。こいつはいかさまだ」

早く、止めなきゃ。

慌てて政と夕を探した視線の先に、「和泉」の修太郎がいた。

「和泉」の前は一番盛況で、ひとりきりで客の相手をしている修太郎は、男の叫びに気づいていないようだ。

ふ、と修太郎が顔を上げた。

小春と目が合った。

ふわりと、修太郎が笑った。とてもいい笑顔だと、思った。

「私は、確かに見た。そいつら二人、好い仲なんだ」

誰、誰のこと。

小春は、辺りを見回した。戸惑って視線を修太郎に戻すと、修太郎は気遣わしげに小春だけを見ていた。

ふふん、と若い男が笑い、また声を張り上げた。

「ほら、見つめ合っているじゃあないか、『和泉』の跡取りと。あの娘は『宝来堂』の女主の姪だ」

血の気が、音を立てて引いて行く心地がした。

思い出した。騒いでいるのは、小春が魚河岸へ行く途中、修太郎と話しているところを、しげしげと見ていた男だ。

どうしよう。

せっかく、ここまでこぎつけたのに。

まだ、初日なのに。

私が不用意だったせいで、みんな台無しにしてしまう。

夕や政に、ううん、「和泉」や、せっかく「大福合せ」に加わってくれた他の店にも、迷惑を掛けてしまう。

小春は、どうしたらいいか分からないまま、男に言い返した。

「わ、私と修太郎さんはそんな仲じゃあ、ありません。あの日はただ、たまたま行き合っただけで――」

「そら、語るに落ちた。やっぱり会ってたんじゃあないか」

ざわ、と客達がざわめいた。

――そりゃ、本当か。

――あの日、ってぇすぐ出てきたってことは、会ってたのは間違ぇねぇ。

——そういえば、さっき、妙な目配せしてたような。
——あたしも、見た。ありゃあ、好い仲の男と女の目つきだよ。
——あの娘《こ》、「番付屋」の身内だったのかい。
客達の囁き合いが、さざ波のように梅屋敷に伝わる。
小春と修太郎を見る冷ややかな目が、一対、また一対と増えていく。
気づけば、小春は客達に囲まれていた。
震え、逃げだそうとする身体を、懸命に叱り、宥める。
魚河岸で男達に囲まれた時よりも、恐ろしかった。
——何が、札入れだ。
——とんだ茶番じゃあないか。
——馬鹿馬鹿しい。
——帰ろうぜ。
——札入れの銭は、返して貰わなきゃなあ。
——いや、それだけじゃあ収まらねぇ。
——じゃあ、どうする。
駆けつけて来る政の姿が、小春を責める客達の頭越しに見えた。

政さん、助けて。

心中で訴えた時、小春の周りの人垣をかき分け、飛び込んできた姿があった。修太郎だ。小春を背に庇うようにして、客達に訴えた。

「小春さんを、責めないでください。私達は、皆さんが考えているような、仲ではありません」

ふふん、と嫌な笑いを放ったのは、「小春と修太郎が好い仲だ」と言いだした若い男だ。

「それじゃ、なんだってそのお嬢さんを背中に庇っておいでなんです、若旦那。お似合いじゃあございませんか」

修太郎さん、と名で呼びかけて、小春はすんでで思い留まった。

余計、勘違いをされてしまう。

「若旦那」

小声でそう呼ぶと、修太郎は小春を振り返り、少し寂しそうに笑った。

「すみません、私のせいで、こんな騒ぎになってしまって」

私のせいで、って、どういうことだろう。

小春は、修太郎に目顔で問いかけた。途端に、厭な野次が飛ぶ。

「そこの兄さんの言う通り、お似合いじゃねぇか」

修太郎が厳しい目になった。

「本当に、そんなんじゃ――」

言い返しかけた小春を、首を振ることで黙るように告げ、修太郎は客達に向き合った。

「そんなんじゃあ、ないんです。まあ、半分は、そんなんですけど」

修太郎の目の前にいた男二人が、顔を見合わせた。

「そんなんですってぇ、なんだ」

修太郎は、からりとした声で答えた。

「私の、片恋なんですよ。お嬢さんは、何も知りません。参ったな、こんな形でお嬢さんに知られてしまうなんて」

しんと辺りが静まり返った。

すらすらと、修太郎は続ける。

「初めてお嬢さんと会ったのは、番付の話の前、お客さんとしてうちの店にいらした時でした。一目見て、可愛いらしいなあって。その後、『宝来堂』の皆さんと、『大福合せ』のことで訪ねて下さって、気立てもいいなあ、と。そちらの御方が、私とお嬢さんを見かけたってのは、和泉橋の上でしょう。たまたま見かけて、嬉しくてつい、声を掛けてしまったって訳です」

この人、何を喋ってるんだろう。

小春は、修太郎の背中を、まじまじと見つめた。

ぷ、と若い女客が小さく噴きだした。

それをきっかけにしたように、くすくすと、あちこちで笑い声が上がる。

三十絡みの女客が、笑いの滲む声で、修太郎を窘めた。

「そんな大事なこと、こんな大勢の野次馬の前で、言うもんじゃありませんよ、『和泉』さん」

「そうそう。お嬢さん、吃驚《びっくり》してるじゃないの」

「『宝来堂』のお嬢さん。お嬢さんの気持ちは、どうなのさ」

「それこそ、こんなとこで言うこっちゃないよ。ねぇ、お嬢さん」

「そりゃそうだ。あっさり振られちゃあ、男の立つ瀬もない」

ころころと笑う女客達を止めようとしたところで、後ろから手を引かれた。

驚いて振り返ると、心配そうな政がそこにいた。

政が小さな声で、小春に訊く。

「お嬢。大丈夫ですか」

「政さん」

すかさず、女客がからかった。

「おや、大変だ、『和泉』さん。お嬢さんのお父っつあんのお出ましだよ」

政が、目を白黒させて、呟く。

「おと、お父っ――」

「怖そうなお父っつあんだねぇ」

「手ごわそうだよ」

「加勢がいるなら、いっとくれ。『和泉』さん」

小春と政を置き去りに盛り上がる女客の一方で、男客達は、まだ腑《ふ》に落ちない顔をしている。

「言い逃れしてんじゃやねぇのか」

「知り合いってのには、変わりないしなあ」

「睦まじく見えるぜ」

「それに、いい男に惚れてるって言われて、嫌がる娘はいねぇ。今からだって、いかさまででも勝たせてやろうって、絆《ほだ》されるんじゃあねぇのか」

そんな。

理不尽な決めつけに、小春は言い返そうと息を吸った時、静かだが凛《りん》とした夕の声が、響いた。

「でしたら、皆さんの前で札入れ箱を開けましょう」

そこに居合わせた皆の視線が、夕に集まった。

夕が、にっこりと微笑んで告げる。

「ご案内の通り、暮れ六つまで札入れを続けます。そしてそのまま、皆さんの目の前で札入れの箱を開け、竹皮の数を数えましょう。その間、札入れの箱は決して開けない。既に入れて頂いた札も信用ならないとおっしゃるなら、一旦札入れを止め、今すぐ開けてみましょう。売れた竹皮の数よりも、箱に入っている竹皮の数が多ければ、いかさまということになりますので」

しん、と座に重苦しい静けさが漂った。

「けどよ」

と男客のひとりが、口を開いた。

「箱へ入れる時に、竹皮をすり替えてるかもしれねぇじゃねぇか」

すかさず、女客が異を唱える。

「何言ってんだい。みんな、自分で箱に入れる決まりになってるじゃないか。それをどうやってすり替えるんだよ」

「そりゃあ、隙を見て蓋を開けて——」

「うるさいね。男のくせに、小っちゃいことでがたがた言うんじゃないよ。こちらの女将《おかみ》さんが、皆の前で箱開ける、とまで言って下さってるんだ」

「なんだとっ」

男客と女客の間で、言い争いが始まった。

大変なことになった。

小春が傍らの政を見上げると、政も困った、という顔をしていた。いつの間にか、長助と夜雪もやって来ていて、小春達の側へ立った。

夜雪が苦い顔で政に「殴り合いになりそうなら、止めろ」と言い置いて、言い争いの輪に割って入った。

「おい、こんなところで、喧嘩なんぞするな」

夜雪の声はよく響くが、それでも男と女の言い合いには、分が悪かったようだ。

わあわあ、と入り混じる男と女の口喧嘩《くちげんか》に、「だから、落ち着けというのに」「まあ、まて」という夜雪の窘めは、かき消されがちだ。

政が夜雪に加勢しようと一歩踏みだしたところで、修太郎が声を上げた。

「皆さん、待ってください」

真摯な口調に、男も女も、思わず口を噤んで、修太郎を見た。

「『和泉』はこの札入れから、手を引きます」

はっと、皆が息を呑《の》んだ。修太郎は続ける。

「疑いを招くような真似をした、手前の落ち度ですので」

女客が気遣わしげに訊ねた。

「お前さんひとりで、決められることなの」

修太郎は、照れ臭そうに笑った。

「こう見えて、総領息子ですので。父には叱られるでしょうが」

本当に、跡取り息子だったのか、と客達は囁き合った。

「い、いけやせん」

小春は、すぐ隣でふいに長助が叫んだので、仰天した。

長助が、必死の顔で修太郎に説く。

「いけやせんよ、若旦那」

修太郎が、首を横へ振る。

「いえ。このままでは『宝来堂』さんの番付にけちをつけることになってしまう」

長助が、食い下がった。小春が初めて見る、必死で真っ直ぐな目をしていた。

「ですから、それがいけねぇと、申し上げてるんでさ」

修太郎が首を傾げた。

「それは、どういう」

「ここで、お客さんの訴えに押される格好で、『和泉』さんが抜けちゃぁ、あっしが出した大福番付と、同じになっちまう。元々あっしは、あちこちから叱られるたびに、番付を書き換えてた。挙句、板元だった『宝来堂』さんにまで大福番付の騒ぎが飛び火した」

それは、「和泉」の番頭のしでかしたことだ。修太郎が、済まなそうな顔になった。長助は、そのことに気づかないのか、訴え続けた。

「最初《はじめ》に決めたことを曲げねぇ。そのために、『宝来堂』の皆で頭をひねって、抜かりなく支度をしてきやした。全ては、あっしが出したいい加減な番付を、ちゃんとやり直すためでさ。だから、ここでお客さん達に譲る訳にゃあ、いかねぇんです。苦労を掛けたお夕さんや、小春ちゃん、政さんに夜雪宗匠。皆に、あっしは顔向けできねぇ」

修太郎が、くしゃりと顔を歪めた。

「長助さん」

ふいに、男客のひとりが、喚いた。

「畜生、泣けるじゃねぇか」

違う男客が続く。

「誰だって、しくじりはあらあ。それをどう取り戻すかだよ。なあ、番付屋の兄ちゃん」

「潔く札入れを降りるってぇ言った『和泉』の若旦那も、しっかり腹を据えた番付屋の兄ちゃんも、見上げた心根だ」

男と女の争いの様相を呈していた騒ぎだが、男の幾人かが長助と修太郎の味方に付いたことで、流れは一気に「宝来堂」へ傾いた。

未《いま》だ得心がいかない男客達へ、女客達が迫る。

「お前さん方、まだ、難癖をつけるつもりなんですか」

「『宝来堂』の女将さんが、すぐに箱を開けて今までの数合わせをする、今日の仕舞いにみんなの前で竹の皮を数えるって言ってくれた。若旦那は、札入れを降りるとまで腹を括りなすった。この辺りが引き際なんじゃゃないのかい」

「大体、始まってから大して時も経っちゃいない。皆さんまだ大福を味わうのに夢中で、札入れを済ませたお人は一握りしかいませんよ」

先刻の小春のように、他の客達に取り囲まれた五人ほどの男客が、ばつが悪そうに顔を見合わせる。

飛び切り気風のいい女客が、厳しく言い放った。

「じれったいね。お前さん方も江戸の男なら、いい加減得心おしよ。このまま若旦那をのけ者にして、そこの番付屋さんの心意気を無にして、お前さん達、寝覚めが悪いとは思わないのかい」

ええい、と囲まれた男客のひとりが、喚いた。

「分かったよ。畜生め」

他の男達も、渋々といった体ではあるが、次々に頷いた。

すかさず、夜雪がよく響く声で告げた。

「では、まずは今までの札入れの数と、入口で貰った銭を確かめるとするか」

夜雪の言葉に応じ、政と長助が支度を始めた。

皆が、そちらへ気がいっている中、夕がひとりの男客へ向かった。

初めに「いかさま」だと声を上げた「いかさま男」だ。

小春は慌てて夕を追い、囁いた。

「叔母さん。あの『いかさま男』、私と若旦那が和泉橋で行き合った時、すれ違った人」

夕は、刹那厳しい目になったが、すぐに小春に笑いかけた。

「分かったわ。ありがとう」

小春に告げ、夕は男客——「いかさま男」へ近づいた。

夕に気づいたか、「いかさま男」が束の間視線を泳がせ、夕から逃げるように踵《きびす》を返《かえ》した。

夕が、「もし。お客さん」と、男を呼び止めた。

自分のことではない、と背中であからさまに訴えつつ、男が遠ざかる。

夕は、少し声を張った。

「もし。そちらの、路考茶《ろこうちゃ》の縞《しま》の小袖を来た、お客さん。先刻、手前共をいかさまだと、おっしゃった御方」

ざわ、と、周りの客が騒ぎだした。

誰のことだ、と、客達が辺りを見回す。「いかさま男」の足は止まらない。

小春が夕に追いつくと、夕は小さく溜息を吐き「仕方ないわね」と呟いた。

「『竹本屋』の手代さん」

それまで、頑なに「呼ばれているのは自分ではない」「聞こえていない」振る舞いをしていた「いかさま男」が、びくりと肩を震わせて、立ちすくんだ。

すかさず言った。

「『竹本屋』でお見かけしたと思ったのですが、やはりそうでしたか」

男は答えない。

客達が、騒ぎだした。

「『竹本屋』ってぇ、京の和菓子屋の出店だろう」

「ああ、明日の札入れに出て来る店か」

「そこの手代が、何だって」

「さっき『いかさまだ』って、騒いだ奴なんだって」

何だ、何だ。

どいつだ。

逃げようとした先を客達に塞がれ、「いかさま男」は、じり、と後ずさりした。畢《ひっ》竟《きょう》、夕に近づくことになった。

及び腰の背中に、夕が静かに問いかけた。

「たまたま行き合った、和泉の若旦那と、うちの総領娘を、たまたま見かけた、とは、随分と運がよろしいこと」

飛び上がる勢いで、「いかさま男」が振り返った。

夕が、ひたと男を見据えた。

男客のひとりが、言った。

「さては、商売敵の若旦那を、付け回してやがったな」

刺々《とげとげ》しい気配が、音もなく客達に広がって行った。

「ど、どけ。私は知らない。何も、知らないんだ――」

「いかさま男」は、自分を取り囲んだ客達を押しのけ、梅屋敷から逃げだした。

追っかけて、とっ捕まえるか、と喧嘩っ早い客が腕まくりをしたが、それは修太郎が止めた。

「お集まりの皆さんが、それぞれの店の大福の味を見極めてくださりゃ、それでようございます」

感じ入ったように、客達は静まった。

修太郎は、小春にそっと打ち明けた。

「『和泉《うち》』の番頭さんが『宝来堂』さんにやったことを思えば、文句なぞ言えた義理ではありませんしね」

明るく茶化した物言いに、小春はかえって、掛ける言葉を見つけることができなかった。


初日の札入れが終わり、客達が固唾をのんで見守る中、箱の蓋が開けられ、竹の皮に焼き付けられた店が、一枚一枚、政のいい声で読み上げられた。

芝居小屋を抱える木挽町《こびきちょう》で、芝居好きの客や役者に人気の菓子屋の「芝居豆大福」と競ったが、初日の「一番手」は、「和泉」の「胡椒大福」に決まった。


次の日、札入れ中日。

最初《はじめ》にやって来たのは、「竹本屋」の主だった。小春が声を掛けられ、夕に取り次いだ。

地味で小柄、たれ気味の目と目尻の深い皺が好々爺《こうこうや》を思わせる佇まいだったが、目の光は頑なで厳しかった。西の言葉遣いではなかったけれど、時折京の匂いのする抑揚が、混じっていた。

「竹本屋」の主は、夕に向かって、「札入れと番付を降りる」と申し出た。

夕は静かに、けれどはっきりと確かめた。

「昨日、『この札入れはいかさまだ』と騒いだのは、『竹本屋』さんの方でしたか」

「はい。手前共の手代でございます」

「ご主人の言いつけで、されたことでしょうか。それとも、あの手代さんひとりの考えで」

ふ、と「竹本屋」の主は笑った。

刹那過った嘲りの色は、瞬く間に溶けて消えた。

穏やかに、主が訊き返す。

「誰の指図かなぞ、知ってどうするのです。手代の一存だと申し上げれば、許して頂けるのですか」

夕の答えには、一片の迷いもない。

「ただ、経緯を知りたくてお訊きしました。どなたの目論見でも、どなたの指図でも、手前共は、このまま『竹本屋』さんに、札入れに加わって頂きたいと思っています」

「竹本屋」の主は、軽く目を瞠《みは》ったが、再び嘲りの混じる笑みを浮かべ、応じた。

「御免ですな」

「なぜ」

「札入れに『竹本屋』が加わらなければ、お前様方は痛手でしょう。あのいい加減な『大福番付』のやり直しをしたかったのだから。そちらの都合なぞ、知ったこっちゃありません。こちらはこちらの、筋を通すのみでございます。お騒がせした上は、潔く引く。江戸の皆さんは、そういう身の振り方がお好きでございましょう」

「竹本屋」主の言いぶりには、あからさまな棘があった。

夕の声は、変わらず静かだ。

「今のおっしゃりようでは、こう取れますね。土壇場で札入れから降りる。それは、一番最初《はじめ》に気に入らない番付を出した番付屋、手前共の仲間への仕返しのためで、この札入れと番付を壊すために、最初から仕組んでおいでだった」

叔母さん、怖いこと言うのね。

小春は、夕の傍らで、こっそり首を竦めた。

「どう取って頂いても、結構。それでは、失礼いたしますよ」

「逃げるんですか」

気づけば、小春はそんな問いを投げかけていた。踵を返したところだった主が、小春へ振り返る。

不思議と、小春は引け目も恐ろしさも、感じなかった。

ただ、「竹本屋」を札入れに引き止めること、この番付を、ひとりでも多くの人が得心できるものに仕上げることに、夢中だった。

小春は、問いを重ねた。

「仕返しを装っておいでですが、本当は、『和泉』の『胡椒大福』に、いえ、それだけでなく、中日の札入れにさえ負けるのが、恐ろしいのでしょう」

「竹本屋」主の顔が、赤黒い色に染まった。

「『竹本屋』が、江戸の菓子屋に負けるとでも」

怒りに満ちた視線を向けられ、小春はこっそり生唾を呑み込んだ。

小娘ごときが、という罵《のの》りが、聞こえてきそうだ。

ここで怯んじゃいけない。

後ずさりそうな足を叱咤したところで、夕が小春の背に手を添えてくれた。

ほっとした。

気づくと、周りに政と長助、夜雪が小春を後押しするように、集まってくれていた。

　力が湧いた。

　夕が、おっとりと「竹本屋」に言い返した。

「今札入れから降りれば、そう思うお客さんは多いだろう。この娘《こ》は、そう申し上げたかったのでしょう。私も、そう思います」

「竹本屋」主は、ぎり、と歯を軋《きし》らせた。

「脅すおつもりですかな」

　にっこりと、夕が笑った。

「人伝《ひとづて》にうちの長さんを脅し、涼しい顔をしているどこぞの京の出店よりは、随分と大人しい脅し方のつもりですが」

　叔母さんったら。

「竹本屋」主の顔色が、「赤黒」から「どす黒」に変わったのを見て、小春は心配になった。

　穏やかに笑んだ夕の目と、「竹本屋」主の燃えるような目の間で、火花が散っているようだった。

　折れたのは、「竹本屋」だった。

唸るように、呟く。

「いいでしょう」

小春は、はっとして「竹本屋」主の目を覗き込んだ。主が続ける。

「刻限には少し遅れますが、戻ってすぐに支度を整え、出直します」

邪気の欠片もない物言いで、夕が応じた。

「まあ、嬉しい。それでは、お待ちしております」

ものすごい勢いで離れていった「竹本屋」主を見送りながら、長助がぽつりと呟いた。

「お夕さん、やっぱり怒るとおっかねぇ」


中日も、初日と同じように、札入れの箱を客の前で開け、竹の皮の数を数えた。

数えるまでもなく、「竹本屋」の分の悪さは明らかだった。

昨日に引き続き、札入れにやって来た客が多く、他の客にも昨日の騒ぎの顚末《てんまつ》が伝わったためだ。

ただ、その割に「竹本屋」の札を買い、大福の味を確かめる客は多く、口にした時の驚いたような顔つきから、「旨い」と感じていることも、小春には見て取れた。

中日の札入れは、数が割れた。

京橋の菓子屋が出した、他の倍はあろうかという大きな大福が「一番手」、「二番手」はひと口で食べられる小ささが女子供に受けたのか、不忍《しのばず》池畔の料亭野守《のもり》「小粒大福」、「竹本屋」は「三番手」に沈んだ。「初日」の「和泉」の札入れの数には、遠く及ばなかった。

それでも、「竹本屋」の主は、淡々と顔を上げていた。

小春は、その姿をそっと描き止めた。

「人気ってのは、味の良さだけで決まるもんじゃあ、ねぇんですねぇ」

と長助が切なそうに呟けば、政が、溜息混じりで、

「それでも、頑張った方でしょう。『竹本屋』さん、針の筵《むしろ》みてぇだったろうから」

と応じた。

三日目、「楽日《らくび》」は、一番明るく、一番賑やかで、一番の人出だった。

札入れの竹の皮はとうに売り切れたのに、それでも札入れの箱開けだけでも見たいという客が大勢いたのには、驚いた。見物だけなら、と中に入って貰ったが、客も野次馬も、菓子屋も、皆大層楽しそうにしていた。

それは、魚河岸の男達のお蔭だ。

男達は、「魚河岸屋台」の清五郎の後押しに駆けつけたのだが、子供の様にはしゃいでは、あちらの大福はああだ、こちらの大福はこうだと、大福の味見と札入れで盛り上がっていた。

魚河岸の男達は、清五郎だけでなく、他の店の大福のいいところを褒めちぎり、旨そうに頬張り、白くなった口の周りを互いに笑い合った。

他の客も、魚河岸の男達につられるように、あちこち大福の味見をしては、旨い、旨いと、喜んでいた。

そして、誰もが清五郎の大福の旨さに目を瞠った。

しっかりした甘さの餡、歯切れが気持ちのいい餅に、感心することしきりだった。

札入れの始末は、清五郎の「魚河岸大福」がずぬけた「一番手」を取った。三日間の札入れを合わせても、「魚河岸大福」が一番だ。

魚河岸の男達は、他の客達と手を取って喜んでいたが、清五郎は込み入った顔をしていた。

きっと、また魚河岸の人達が、自分の大福をなかなか食べられなくなるんじゃないかと、心配してるのね。

小春は、察した。

「少し、困ったことになったわね」

夕が、沸き立つ客達の声に紛れ、厳しい口調で呟いた。

無事に札入れが済んだ安堵で浮かれていた小春達は、一斉に夕を見た。

夕は、続けた。

「しくじったかもしれない」

七――宝来堂の大福番付

楽日の札入れも終え、早々に「宝来堂」に戻った皆――政、小春、長助、夜雪を、夕は店に集めた。

小春は戸惑った。

番付づくりは、ここからが本番だ。

東の次第は今日の札入れで全て決まった。後は、皆で西の次第を決め、小春が描き溜《た》めた画の中から挿画に使うものを選び、番付の体裁を整える。

それから番付の板下づくりはお手のものの長助が板下をつくり、一方で小春は下画を仕上げ、政に渡せば、政が板木の彫りに入る。

大福の寸評――「添書《そえがき》」も考えなければならない。これは、小春の舌が感じ取ったものを、長助と夕が、番付に映える短い言葉に纏める手筈《てはず》になっていた。

いつの間にか「宝来堂」の纏め役に収まった夜雪は、大忙しになるだろう四人の世話を買って出てくれていた。

飯をつくり、茶を淹れ、疲れが見えてきた者を「休め」と叱る役だ。

のんびり、話をしている暇はないはずなのに。

小春が促すより早く、夕が重たげに口を開いた。

「半分売り言葉に買い言葉で決めた時から、気にしてはいたのよ」

小春は、何の話だろうと首を傾げたが、政は心得た風で、渋い声で応じた。

「お内儀さん、ありゃあ、売り言葉に買い言葉だったんですかい」

夕が、微かにばつの悪い目をして、顔を顰めた。

「半分、って言ったでしょう」

長助が、ぎこちない笑いで取り成す。

「まあ、まあ。あの時は、ああでも言わなきゃ、収まらなかったでしょうから」

小春は、夕の言いぶりからようやく思い当たって、口を挟んだ。

「収まらなかったでしょうって。叔母さん、ひょっとして、その日の終わりに、お客さんの前で札入れ箱を開けることにした、あれのこと」

夕が、困ったように笑った。

「そう、あれ」

「でも、あのお蔭でみんな盛り上がったじゃない。何をしくじったの」

政が、嚙んで含めるように答えた。

「お嬢。あっし達は、そもそも大福合せと札入れをしたかったのじゃあありやせんよね」

「それは、勿論よ。番付を――」

言いかけて、大変なことに気づいた。

「あ、そうか」

夜雪が、手習の師匠の顔で訊ねる。

「嬢、気づいたかね」

小春は、唇を嚙んで頷いた。

「みんな、東の次第を知っちゃってる。大関は屋台清五郎の『魚河岸大福』。関脇は三席にしたから、和泉の『胡椒大福』と、木挽町柳屋の『芝居豆大福』、京橋長門《ながと》庵の『大大福』。今更、番付を買うまでもないわ」

長助が、顔色を変えて異を唱えた。

「け、けど、『宝来堂《うち》』で決める西の次第があるじゃねぇか、小春ちゃん」

「目玉は、やっぱり東の札入れよ」

言い返してから、小春は項垂れた。

「私が起こした騒ぎのせいだ。私が、不用意に『和泉』の若旦那と、橋の上なんかで口を利いたから」

夕が、きっぱりと首を横へ振った。

「決めたのは私よ。先刻は、売り言葉に買い言葉だって言ったけど、ちゃんと考えてもいたのよ。その場で次第が分かってしまえば、番付の新鮮味は失せる、と。ただ、それはその場に集まった人達だけの話、番付の売れ行きには大して響かないと思ってた。『大福合せ』と『札入れ』を軽く見ていたのね。でも、今日の人出と盛り上がり様を見ていたら、番付の役付きを獲った店は勿論、集まった人達が黙っているとは思えない。明日には、相当な勢いで『札入れ』の始末は知られてしまうでしょう」

小春は、泣きたくなった。

夕は、小春のせいじゃないと言ってくれたけれど、自分の脇の甘さが、この事態を招いた。

ぶふん、と夜雪が荒い鼻息を吐いた。

「そこまで分かっておるなら、さっさと番付を摺って売ればいいだけのことではないか」

小春と夕は、顔を見合わせた。夜雪は続ける。

「これが読売なら、時との勝負だ。一日、二日と、悠長なことは言っておられんぞ」

政が力強く頷く。

「まだ、一晩も時はありやすぜ」

長助が、胸を張った。

「何、一晩寝ねぇくらいじゃあ、人間死にゃあしねぇ」

小春は、夕に頷きかけた。

「叔母さん、やろう」

夕が、我に返ったように、二度、瞬《まばた》きをした。

「そう、ね」

小さく呟いてから、力強く繰り返す。

「そうね。しくじったと悔いる暇があったら、やれることをやりましょう。小春も、しっかり手伝って頂戴」

小春は、胸を張った。

「あら、手伝いじゃないわ。だって私は『宝来堂』の画師だもの。自分の仕事はしっかりやらせて頂きます」

がはは、と、夜雪が豪快な笑い声を上げた。

「頼もしいな、嬢」

その笑いの勢いのまま、肩口を思い切り叩かれ、小春は小さく咽《むせ》た。

「宝来堂」の名所画は元々、名所の案内を入れているので、番付も、名所画を摺るのと手順は大して変わらない。菓子の挿画には色を付けると決まっているし、文字が占める場所が大幅に増えるくらいだ。挿画と西の次第が決まれば、あとはそれぞれがそれぞれの仕事をするのみ。狼狽えることもない。

ただ、それをものすごい速さでこなさなければいけないだけだ。

ところがそれが、思いの外難しかった。

「お嬢、ここの色は本当にこの朱でよろしいんで」

「そう、その朱にして」

「ですが、そうするとこっちの赤と、ぶつかりやしやせんか」

「いやだ、本当。赤の色味を替えましょうか」

「だったら、むしろ朱の方を――」

「長さん、小春の添書、間違っていない」

「どこです、お夕さん。うわあ、しくじった。こっちは、別の店の添書でした」

「皆、落ち着け。落ち着きながら、急げ」

と、こんな騒ぎが持ち上がったと思えば、一気に静かになる。

寝る間も惜しんで、とはこのことだと、小春は思った。

瞬きすることさえ、もどかしかった。

ただ、筆を動かし、自分の仕事が済んでからは、政を手伝った。

政が板木を彫っている間に、夕と長助が、「大福合せ」の賑いを受けた番付の売り方を工夫した。

板木が上がり、政が番付を摺り始める頃になると、他の人間はすることがなくなる。

ひとりでに、皆が政の周りに集まった。

政の間合いを身体で覚えている小春が、紙の受け渡しを引き受け、夕と長助が摺り上がりの具合を確かめた。

墨と絵具の匂いに混じって、勝手から味噌汁のいい匂いがしてきた。

夜雪だ。

気づくと、誰も口を利かず、「宝来堂」には、ただ政が使う馬連の小気味よい音が響いていた。

やっぱり、この音、好き。

小春は、そっと笑った。

政が、小さく溜息を吐き、呟いた。

「とりあえず、これくらいありゃあ、足りやすでしょう」

やり遂げた清々《すがすが》しさはあっという間に吹き飛び、心配が小春を襲った。

皆が、頷いた。

次第の半分、それも「目玉」の次第が知れてしまっている番付が、どれくらい売れるものだろうか。

「宝来堂」の次第を、受け入れて貰えなかったら。

私の添書が見当外れだったら。

どん、どん、どん。

閉めていた表の戸を、勢いよく叩く音が聞こえ、小春は飛び上がった。

皆が、顔を見合わせた。

夕が戸を開けに、立って行った。


「大福合せ」で使わせて貰った梅屋敷を、小春は「和泉」の若旦那、修太郎とそぞろ歩いていた。

梅の花はすっかり散り、付け根にほんのりと赤みを帯びた滴の形の小さな実が、若い葉の間から覗いている。

可愛らしいけれど、名所画にはならないわね。

小春は、そんなことを半ば必死で考えていた。

修太郎に誘われ、にやにや顔の夕と長助に促され——政は顰め面で修太郎を睨んでいた——、出てきたはいいけれど、どうにもばつが悪かった。

——私の、片恋なんですよ。お嬢さんは、何も知りません。参ったな、こんな形でお嬢さんに知られてしまうなんて。

照れ臭そうに打ち明けた修太郎の言葉と顔を思い出すたび、小春はいたたまれなくて叫びだしたくなる。

何も、あんな沢山の人がいる前で、言わなくたって。

いやいや、人がいるとかいないとかの差の話じゃなくて。

と、ひとりで、狼狽えては、首を振ったり顔を手で覆ったり、と我ながら落ち着かない。

見かねた修太郎が、少し寂しそうに笑って、小春に申し出てくれたのだ。

先日、「大福合せ」の折に言ったことは、ともかく忘れてくれ。今は、気の合う「菓子仲間」として話をさせて貰えば充分だ、と。

そのことで、小春は随分とほっとした。

修太郎が嫌いなのではない。

ただ、修太郎に限らず、自分が色恋なぞ、思いもつかないだけなのだ。

とはいえ、少し気を抜くと、「あの時」の修太郎の言葉と、集まった客達に散々冷やかされたことを思い出して、また「うわわ」となってしまうので、他のことを「必死で」考えている、という訳である。

「番付――」

ふいに話しかけられ、小春は危うく悲鳴を上げそうになった。

心を落ち着け、声が上擦らないよう息を呑み込み、「はい」と応じる。

よかった、変な声にならなくて。

修太郎もまた、ほっとしたように笑って、言葉を続けた。

「番付、大層な売れ行きだったそうじゃあないですか。大福の脇に花が添えてあったり、色鮮やかな挿画が可愛いから、女人にも受けがいい」

ありがとうございます、と応じながら、小春は「大福合せ」楽日明けの朝の騒ぎを思い出していた。

＊

いつも店を開ける刻限より一刻《いっとき》も早い時分に、戸を叩く者がいた。

それも、性急な叩き方だ。

これから、何が起こるのだろう。

考えた途端、更に大きな音、忙しない間合いで、戸が叩かれた。

長助が「ひぇ」と、妙な悲鳴を上げた。

小春は、心細くなって、夕と政を見た。夕が、小春を安心させるように頷き、表戸へ向かう。

「どちら様でございましょう」

『おお、いたいた』

そんな、陽気な声が聞こえて、小春は長助と顔を見合わせた。

「これ、魚河岸で会った人の声」

小春の呟きに応じるように、外の声から呼びかけが上がった。

『番付、まだかなあ、と思ってよ。ちっとばかり刻限が早ぇのは承知だが、皆、そろそろ待ちきれねぇんだ。自分達が札入れした番付は、是が非でも欲しいじゃねぇか』

夕が、はじかれたように小春へ振り向いた。小春は、急いで大きく二度、頷いた。

間違いない。魚河岸にいた、肩幅の広い男だ。

夕は小春に頷き返し、落ち着いた声で応じた。

「はい、只今」

すかさず、政が夕の許へ走った。念のため、とばかりに夕を少し下げ、くぐり戸を開ける。

「お待たせしておりや――」

告げながら外を覗いた政の動きが、束の間、止まった。

「す、少しお待ちくだせぇやし。すぐに店を開けますんで」

初めて聞く、政の上擦った声。
長助が、心得たように摺り上がった番付の束を抱えた。
夜雪が、門前を護る仁王様のように、表戸の前に立った。
政が、一旦小さなくぐり戸を閉め、改めて表戸を開ける。
がた、がた、と、戸が軋む。
朝の光が、店先に差し込んだ。
そのまばゆい光が、すぐに番付を求め、詰めかけた客達の背に遮られた。

＊

小春は、小さく笑った。

「番付を売りだす前の夜、一晩くらい寝なくたって、なんとでもなる。そう思ってたんです。ところが、摺っておいた番付は、あっという間に売り切れてしまって。きっかけは、札入れをしてくれたお客さん達でしたけど、そこから瞬く間に噂が広まって。それから政さんは、日が暮れるまで飲まず食わずで番付の摺り通し。番付を抱えて外へ飛びだした長助さんも張り切って番付を売り込むから、長助さんから買い損ねたお客さんが、店まで来て下すって。夜雪宗匠と叔母さんが二人掛りでお客さんを捌いたんだけど、店を閉めた途端、皆でその場にへたり込んだほどの騒ぎでした」

修太郎が、くすくすと楽しげに笑った。

「あの、どっしり構えた政さんと宗匠が、へたり込むところ、見たかったなあ」

「でしょう」

しばし、二人で笑い合ってから、修太郎が笑みを収め、小春を気遣った。

「小春さんも大変だったのではありませんか。きっと、政さんを手伝っておいでだったんでしょう」

小春は、少し迷ったが、素直に頷いた。

片付け、墨や絵具の支度、摺り上がった番付を受け取り、摺り具合を確かめる。政でなくてはできないことの他は、全て小春が引き受けた。

「宝来堂《みせ》」を閉めた時は、小春も疲れと安堵の余り、腰が抜けたようになった。

「でも、幸せだった」

修太郎が、「幸せ、ですか」と問い直した。

「ええ。自分は、ここにいてもいいんだ、って思える幸せ」

修太郎が、首を傾げた。

それでも、つい、こぼれ落ちた言葉の意味を問い直さないでいてくれることが、小春は有難かった。

「『宝来堂』の皆さんに、礼を言わなければ」

小春は、修太郎の顔を見た。

「和泉」の跡取りは、すっきりと、清々しい目をしていた。

「札入れを降りると言った『竹本屋』さんを引き止めて下すった。『大福合せ』で真っ向勝負ができたお蔭で、父も私も、『竹本屋』さんへの頑なこだわりに区切りをつけることができた」

小春は、返事に困った。つい、顔が下を向いた。

西の番付、つまり宝来堂の次第は、関脇の順で割れた。政と長助は、一番めに「和泉」、次に「竹本屋」。小春と夕はその逆だ。小春は、「和泉」の砂糖の質が一時落ちたことが引っかかったが、長助と政は、あくまで「大福合せ」の味で決めるべきだと言った。決めたのは、夕の言葉だった。「和泉」は好き嫌いが分かれるが、「竹本屋」は、大福好きなら誰もが頷く味だ。その差は見過ごせない、と。

修太郎が、笑った。

「顔を上げて下さい。『宝来堂』さんが決めた西の次第で、うちが『竹本屋』さんに後れを取ったことなら、小春さんが気に病むことはありませんよ。真っ当な仕事をしたと、胸を張って下さい。でなければ、私達も胸を張れない」

はい、と小春が頷くと、修太郎も頷き返した。それから「和泉」の跡取りは、悪戯な仕草で舌をぺろりと出し、周りに聞く人もいないのに、声を潜めて続ける。

「父は、札入れの束で『竹本屋』さんに勝ったことで充分だ、と上機嫌です。胡椒大福を定番にするつもりらしいですよ」

「でも」

「ですから、胸を張って下さい。でないと『宝来堂の番付』は公明正大だ、という評判を危うくしてしまう」

本当に、その通りね。

小春は、しっかりと大きく、頷いた。

修太郎が、嬉しそうに語る。

「父が言っていました。小春さんの添書、どこからどこまで、その通りだ。うちの大福もよく分かってくれているのが、まず有難い。清五郎さんの屋台も『竹本屋』さんの京の味も、なるほど、これは認めざるを得ない。これからは張り合うのではなく、『和泉』の味をより良くすることだけを考えよう、と。そのために、私の力も貸して欲しい。思いついたことがあったら、どんどん打ち明けてくれ、と」

修太郎さん、嬉しそうだな。

小春は、こっそり考えた。きっと、これからは親子で菓子をつくって行くのだろう。何でも話し合い、時には喧嘩もしながら。そうして、「和泉」の菓子はきっと、もっと美味しくなっていく。

「清五郎さんの屋台も、上手く回っているようですね」

修太郎の言葉に、ええ、と小春は大きく頷いた。

夕が、知恵を絞ったのだ。

魚河岸の贔屓客が、清五郎の大福を買いにくくならないように。そのことで、清五郎が気に病むことのないように。

そして、外からの客も、清五郎の旨い大福を食べられるように。

夕は、魚河岸で働く人と、大福目当てで魚河岸に足を運ぶ客で、買える刻限を分けたらどうだろうと、清五郎に告げた。

河岸が開いてから八つ刻《やどき》までは、魚河岸の人達。

八つから七つの一刻《いっとき》は、外の客。

暮れ六つまでの一刻は、誰でも買える。

清五郎は、前よりも大福を沢山作り、店も長く開けていなければならない羽目になって、大変そうだが、客同士の「住み分け」もしっかりでき、外から来た客を、魚河岸の男達が清五郎を手伝って、捌いているそうだ。

修太郎が、さばさばと呟いた。

「あれには、勝てないなあ。うちがあそこまで、お客さんと深い関わりを持てるまでには、一体どれほどの時と、どんな工夫が要るのだろう」

それでも、修太郎は楽しそうだ。

「先だって覗いてきたんですが、小春さんの添書のお蔭だって、清五郎さんも、魚河岸の皆さんも喜んでました」

小春は、驚いて異を唱えた。

「それは、私の添書は関わりありません。叔母の工夫がよかったんです。それを清五郎さんとお客さん方が受け入れて下さったから」

修太郎が、力強く、いいえ、と言い返した。

「河岸の外から来る殆どのお客さん達が取り決めの刻限を守ってるのは、小春さんの添書に心を動かされたからです。たまに出る『へそ曲がり』が、決められた刻限より前に無理に買おうとすれば、大人しく待っている他の客から白い眼で見られるし、魚河岸で無体をすれば強面の兄さん達が黙っちゃいない。そこまでするほど大福が好きなら、刻限を大人しく待った方が早い、となる。その流れを作ったのは、間違いなく小春さんの温かな添書ですよ。それに、番付を買った客の間じゃ、あの添書は、店のこだわりが分かって面白い、食べてみたくなるって、評判になってるんですから」

「そう、かしら」

なんだか照れ臭かったが、頑なに「違う」と言い張るのも大人げない気がして、小春はもそもそと応じた。修太郎が、大きく頷く。

「そうですとも。小春さんの添書には、力がある。それは、ねじ伏せる力ではなく、ほどく力だ」

「ほどく、力」

「ええ。頑なになった心をほどく力。だから、私も父も、『竹本屋』さんを『すごい』と思えた。菓子に対するこだわり、長く伝えてきた味への誇り。鼻持ちならないと思っていた京の職人にも、江戸の職人に負けない心意気がある。『大福合せ』のお客さん達に冷たい目で見られ、思うような札入れをして貰えなくても、胸を張って『大福合せ』に加わってくれた。これぞ、江戸の心意気ってもんです」

小春は、少し迷ってから、修太郎を窘めた。

「若旦那の褒め言葉を『竹本屋』さんが耳にしたら、きっと腹を立てますよ」

驚いた顔で、修太郎が小春を見た。小春は言葉を添えた。

「だって、『鼻持ちならない』とか。京の職人さんよりも江戸の職人さんの心意気が勝っているような言いぶりとか。ご自身の心意気を『江戸の心意気』と言われるのも、得心されないでしょうね」

修太郎が、目を丸くして小春を見た。息ひとつ分遅れて、顔から首、耳朶《みみたぶ》までが赤くなった。

「そ、そそそんなつもりで、言ったんじゃ――。いや、でも、そう聞こえますよね。面目ない。どうか内緒にしてください。父にも叱られる。浮かれ過ぎているから、余計な口を利くのだ、と」

肩を落とし、しょんぼりとした様子が妙に可愛らしくて、小春はつい笑った。

修太郎が、じっとこちらを見ている。

小春は笑いながら、「なんですか」と訊いた。

修太郎は、小春を暫く眺めてから目を逸らし、ほろりと笑って、仕舞いに、うんっ、と伸びをした。

それから、修太郎は思い出したようにまた小春を見て訴えた。

「もう、大福の番付は、出さないでくださいね。ああ、それから羊羹もなしです」

小春は、首を傾げた。

「大福は、暫くやらないと思います。羊羹は、どうでしょう。叔母や皆に聞いてみないと。第一、これから番付をどうするかもまだ決まってませんし。でも、何故《なぜ》です」

修太郎が、にっこりと笑った。

「だって、『和泉《うち》』で扱っている菓子の番付を出すとなったら、また小春さんとこんな風に話せなくなってしまう」

かっと、頬に熱が上がってきた。

小春は、さっとよく晴れた空を見上げた。

「あ、鶯《うぐいす》」

「小春さん。はぐらかしたでしょう」

「今度は、すずめ。いえ、めじろかしら」

「つれないなあ、小春さんは」

なんだか、楽しくて幸せで、小春は込み上げてきた笑みを、そっとかみ殺した。

＊

『宝来堂　大福番付』

東行司　札入客
大関　日本橋屋台清五郎　魚河岸大福
関脇　神田佐久間町和泉　胡椒大福
関脇　木挽町柳屋　芝居豆大福
関脇　京橋長門庵　大大福

西行司　宝来堂
大関　日本橋屋台清五郎　魚河岸大福
関脇　両国広小路竹本屋　京大福
関脇　神田佐久間町和泉　胡椒大福
関脇　不忍池畔料亭野守　小粒大福

宝来堂添書より抜書

両国広小路竹本屋　京大福。

京の雅を思わせる、品のいい餡が秀逸。餅は柔らかで滑らか。整った味と整った技が際立つ。それは長い時を繋《つな》いできたゆえの整いぶり、主と主の意を酌んだ職人の心がぴたりと重なっている証《あかし》。職人の我を消し去った、透き通った味を愉しまれたし。

神田佐久間町和泉　胡椒大福。

餡と胡椒を合わせた才覚に驚き。餡と合う胡椒の塩梅を探す根気と繊細な舌、双方が揃って生まれた、新たな味。その基となるのは、つくり手の確かな腕と、材を選ぶ確かな目利きだ。つくり手の人となりと覚悟が透けて見える、くっきりとした味わいは、癖になる。

屋台清五郎　魚河岸大福。

これぞ、江戸の味。迷いのない黒砂糖の濃い甘みと、潔い歯切れの餅は、魚河岸でなければ生まれなかったであろう。忙しく働く魚河岸の男衆《おとこし》のために主が工夫をした大福は、魚河岸の男衆が育てた味でもある。主清五郎と男衆、互いを身内のように案じる、温かな情と共に味わってこその、大関大福である。

本書は文庫書下ろしです。

【著者】田牧大和　1966年、東京都生まれ。2007年、「色には出でじ　風に牽牛《あさがお》」（書籍化にあたり『花合せ　濱次お役者双六』に改題）で全選考委員からの絶賛を受け、第2回小説現代長編新人賞を受賞し、作家デビュー。「鯖猫《さばねこ》長屋ふしぎ草紙」「縁切寺お助け帖」「藍千堂菓子噺」「錠前破り、銀太」「濱次お役者双六」の各シリーズ、『かっぱ先生ないしょ話　お江戸手習塾控帳』など著書多数。いま、最も注目を集める時代小説作家の一人である。

大福三《だいふくみ》つ巴《どもえ》　宝来堂《ほうらいどう》うまいもん番付《ばんづけ》
田牧大和《たまきやまと》

講談社文庫
定価はカバーに
表示してあります

2021年1月15日第1刷発行

発行者――渡瀬昌彦
発行所――株式会社　講談社
東京都文京区音羽2-12-21　〒112-8001
電話　出版（03）5395-3510
　　　販売（03）5395-5817
　　　業務（03）5395-3615
Printed in Japan

デザイン―菊地信義
本文データ制作―講談社デジタル製作
印刷―――豊国印刷株式会社
製本―――株式会社国宝社

ISBN978-4-06-522155-6

講談社文庫刊行の辞

二十一世紀の到来を目睫に望みながら、われわれはいま、人類史上かつて例を見ない巨大な転換期をむかえようとしている。

世界も、日本も、激動の予兆に対する期待とおののきを内に蔵して、未知の時代に歩み入ろうとしている。このときにあたり、創業の人野間清治の「ナショナル・エデュケイター」への志を現代に甦らせようと意図して、われわれはここに古今の文芸作品はいうまでもなく、ひろく人文・社会・自然の諸科学から東西の名著を網羅する、新しい綜合文庫の発刊を決意した。

激動の転換期はまた断絶の時代である。われわれは戦後二十五年間の出版文化のありかたへの深い反省をこめて、この断絶の時代にあえて人間的な持続を求めようとする。いたずらに浮薄な商業主義のあだ花を追い求めることなく、長期にわたって良書に生命をあたえようとつとめるところにしか、今後の出版文化の真の繁栄はあり得ないと信じるからである。

同時にわれわれはこの綜合文庫の刊行を通じて、人文・社会・自然の諸科学が、結局人間の学にほかならないことを立証しようと願っている。かつて知識とは、「汝自身を知る」ことにつきていた。現代社会の瑣末な情報の氾濫のなかから、力強い知識の源泉を掘り起し、技術文明のただなかに、生きた人間の姿を復活させること。それこそわれわれの切なる希求である。

われわれは権威に盲従せず、俗流に媚びることなく、渾然一体となって日本の「草の根」をかたちづくる若く新しい世代の人々に、心をこめてこの新しい綜合文庫をおくり届けたい。それは知識の泉であるとともに感受性のふるさとであり、もっとも有機的に組織され、社会に開かれた万人のための大学をめざしている。大方の支援と協力を衷心より切望してやまない。

一九七一年七月

野間省一